本书出版由上海市马克思主义学术著作出版基金资助

建构权威·协商规范
——美国新闻媒介批评解读

谢 静 著

复旦大学出版社

序一

李良荣

5 年来,我一直想为研究生开一门"媒介批评"的课,但未能如愿。

"媒介批评"是门综合性的课。在大学里,学生选修各门专业课,但各门专业课却是隔离的。然而,任何一个最简单的社会现象、新闻事件都是综合的。这样一来,当新闻系学生走上工作岗位以后,他们必须融会贯通各门专业课(像政治学、经济学、法学、社会学、管理学、文学等等)并加以综合运用才能熟练地从事新闻采访、写作、编辑、评论工作。这需要很长的时间才能完成。开设"媒介批评"课,就是让学生在学校里初步融会贯通各门专业课知识来评判媒体和新闻报道,以便更快适应新闻工作。

但这门课的开设,对我来说难度太大。最大的困难是"媒介批评"的一个理论框架——我们以什么立场、观点来评价媒体。对于媒体的表现,政府、受众、媒体自身各有自己的评价体系,喉舌理论、常识理论、新闻专业理念,分别代表着三者的评价体系。在三者之间往往难以协调。同一家媒体、同一则新闻报道,三者往往会做出截然对立的评价。这种对立意见,可以说公说公有理,婆说婆有理。那么,作为教师,我该对此作什么判断?这是最令人困惑的事情。开设一门课,如果不能为学生解疑释惑,反而增加学生更多的困惑,这门课还是迟开为好。

好在我指导的博士生谢静写出的毕业论文提供了一个新的理论模式,这就是她提出的叙事模式,为媒介批评打开了新的思路。至少对我来说,有新的启发。这也是谢静本书的理论价值所在。

媒介批评决不仅仅是理论工作者的事情,媒介批评水平高低直接关系新闻从业人员素质。为此,本书不但令从事理论工作的人值得一读,也建议新闻从业者认真读一读。

序二

黄 旦

当谢静嘱我作序时,《纽约时报》造假丑闻的余波尚未完全平息。这虽是一个偶然事件,倒让我们对美国的媒介批评有了具体感受,同时谢静论文的现实意义也因此得以进一步凸现。

我曾在不同场合讲过,若从社会的角度透视新闻业,至少具有三个视点:第一,新闻业和社会诸系统,比如政治、经济、教育、宗教等等的关系;第二,新闻业本体,包括其起源、演变、社会定位以及职业特征等;第三,新闻业和受众。当然,三个层面是互有关联,不能一刀截断。然而也不能否认,站在不同的点上,对新闻业面貌的认识是不一样的。如果回到媒介批评上来,像《纽约时报》这样的造假事件,也就成为一个可以从不同角度进行评判和解读的文本。比如:资产阶级新闻事业的虚假性;新闻职业道德的败坏;商业性报纸的利欲熏心;报纸领导层的敢于承担责任;《纽约时报》新闻生产程序的缺失;报纸老板以"挥泪斩马谡"的手法欺骗视听等等。所以,谢静对美国新闻媒介的批评不是按时间的顺序或者概念到概念的演变进行梳理,而是把它纳入到叙事的框架,从叙事主体、叙述对象和指涉物的三角关系中来展开,由此让人们明了在任何批评的背后,都具有批评者的价值判断或道德关怀,也就是说,批评者必然有一个自己的立足点。而这,又常常离不开批评者的身份、批评的目的以及聆听者对之的认同。正是这一颇具匠心的切入点，让四处散落的媒介批评有了一个汇聚的焦点，媒介批评的观察变成了对一个话语建构及协商的动态过程的解剖，从而避免了一般历史概括所很难规避的平面化、单一化乃至于散漫，使文章具有了批评之批评的理论深度和活力。

把美国新闻媒介批评置于新闻专业主义的话语基点上，新闻媒介的批评也就是对新闻专业主义的建构和修补，这当然是谢静作为叙述者的一种建构。可是这个建构富有创意，至少是我此前从未想到的，尽管对美国的媒介批评并非一无所知。粗粗看一眼就知道，美国自便士报出现后，新闻专业主义就逐渐成为这一新兴职业的主导理念和基本追求，至少仍是如此。虽然 20 世纪后二十年出现的"公共新闻"（public journalism）运动，对新闻专业主义的原则和规范大加抨击，但是并没有产生什么实质性影响，尽管不乏重要的揭露和警示作用。就像是平静的水面被使劲搅了几下，激起层层涟漪，也泛起水底淤泥沉渣，但稍过时日，一切复归于往日平静。可见，谢静的这一建构是有充足依据予以支撑的，不像我们时下的很多文章，随意拍脑袋，自己给自己树了个靶子使劲打，如同一个"拳击运动员"。无论是评价美国的新闻现象，或是打算对他们的批评进行反批评，了解他们的立足点不仅必要而且必须。没有这样的契合点，即便慷慨激昂，义正词严，磬竹而书，唾沫横飞，也未必说到了点子上，更不必说击中要害，甚至不排除是差之千里。在这个意义上说，谢静论文的这一建构，不仅仅是她本人对美国新闻媒介批评的一种解读，也不仅仅是为我们理解美国的新闻媒介批评提供了一个立足点，同时还不乏学术规范乃至于学术研究的启示作用。

　　如果我没记错,我在复旦念博士时,谢静是硕士,也算是有同窗之谊。不过我已是"万事休"的年纪,谢静们则还属"不知愁滋味"的花季。不料区区几年,她就写成了一篇颇有分量的博士论文,真乃势头逼人,后生可畏。假以时日,自更有一番作为。就拿媒介批评研究来说,等待她腾挪驰骋的空间也还甚为宽阔。比如:倘若新闻媒介批评是依新闻专业主义为界而展开,那么,其他的专业,像法律等的批评与反批评是否也是如此? 若是,新闻媒介批评的独特表现在何处? 再比如,媒介批评的含义普泛,范式不一,是否都能放进新闻专业主义的这个框框? 是否需要在类别上先进行一番清理? 诸如此类的疑惑,始终在我脑中盘旋。我期待着谢静能为我答疑解惑,而且相信她不会让我失望,并就在不久的将来。

目录

前言

新闻媒介批评的历史与新闻媒介自身一样久远,可以说,新闻媒介诞生之日,也是新闻媒介批评出现之时。但是,媒介批评研究在我国却不过六七年时间,即使在媒介批评实践比较发达的美国,有关媒介批评的研究也相对薄弱。这对于被称为是生活在"媒介化社会"、"信息化社会"中的我们来说,不能不说是一种遗憾。

本文的目的是解读美国的新闻媒介批评,从而为中国媒介批评的理论研究与实践创新寻求一种新思路。

本文中的新闻媒介批评指对大众传媒新闻实践的诠释与评价。批评的主体包括新闻媒介自身,研究媒介的学术领域,以及作为媒介消费者的公众、社会机构、团体等。批评的对象包括新闻从业人员的活动及其产品。在英文中,媒介批评(media criticism)是一个包容极广的概念,有时指对大众传媒新闻内容的批评;有时则包括对大众传媒所有内容的批评,如电视剧、谈话节目、报纸杂志上的文艺作品等;有时甚至还包括所有经过大众传媒发布的批评,即媒介化的批评,如在媒介上对政府、文化、社会现象进行的批评①。也有学者(Brown,1974;Marzolf,1991)使用 press criticism 的概念,对研究的范围做了明确的界定。事实上,也不可能对上述媒

---

① 如在诺斯坦、布莱尔和杜普兰(Nothstine,Blair and Dopeland,1994)主编的文集《批评的问题:创造、创新与话语和媒介批评》,就是对所有媒介化的批评从修辞学批评的角度加以研究。

介批评的三层内容同时进行研究,这些内容既不在同一层面,也不属于同一学科和领域。其实,有关后两者的研究在美国已有较长的历史和丰硕的成果,如文艺批评、影视批评和修辞批评,本文将不涉及。因此,本文所指媒介批评为第一层意义上的批评,即对新闻媒介实践的批评。

本文把媒介批评视为一种叙事,从批评叙事与新闻专业的关系角度解读美国的新闻媒介批评。之所以如此解读,是基于本文对于媒介批评的两个基本认识:首先,媒介批评的首要目的不是建立自身的理论体系,而是促进媒介的改革与发展,使媒介更好地为社会服务。因此,媒介批评与所批评对象之间的关系问题理应成为媒介批评研究的核心。其次,对于媒介批评的研究,不是要参与批评媒介,而是要把握媒介批评现象的实质。美国的新闻媒介批评有两个突出特征:一方面,一些批评主题反复出现,而被批评的现象却久批不倒、依然故我;另一方面,媒介批评体现的要求与期望,往往相互矛盾、相互对立,令被批评者无所适从。要从整体上把握这表面繁荣、实质喧哗的美国新闻媒介批评,既需要恰当的切入点,又需要强有力的理论工具。叙事理论和专业主义理论为本文的研究提供了全新的视角和框架,在解释、评价美国的新闻媒介批评方面,体现出独到的力度与效果。

根据这一思路,本文首先通过分析叙事者的立场与目的来理解美国媒介批评的性质、目的与功能,然后根据这一理解,梳理美国新闻媒介批评的历史与主题、机制与规范。具体地说,本文主要从三个方面展开论述:在上篇中,本文分析了媒介批评所具有的叙事性和道德性,并揭示媒介批评的这种性质使其成为社会角色的对话空间。本文的主体是对于媒介批评叙事与新闻专业主义关系的集中分析;中篇将理论分析和案例分析相结合,揭示了作为叙事的媒介批评在美国新闻专业权威建构过程中的作用与反作用;下篇从历史的角度,对美国新闻媒介批评与新闻专业规范之间的关系进行了梳理,分析了在社会角色对话、协商过程中,新闻专业规范建构与解构的过程。最后,本文探讨了我们对于媒介批评所应有的期望,作为全文的结语。

作为一种叙事,媒介批评反映了人们对媒介社会角色——尤其是在民主政治中所扮演的角色——的期望,体现了对这一私人财产服务公众的要求。同时,媒介批评还是更大的社会叙事的一部分,反映了批评者自身的境遇与立场,而这也正是媒介批评之所以喧哗的一个原因。因此,从这一意义上说,媒介批评就是社会行为者的对话,而媒介批评的叙事性则要求人们(包括媒介)以平等、开放、包容的姿态面对它。

但是,作为一种社会专业,新闻业又必须树立自己的合法性与专业权威,尤其是当媒介批评持续不断、有损新闻专业的权威时,树立权威的要求更为迫切、坚韧。在某种程度上,美国新闻媒介发展的历史,就是在与其他社会行为者的持续不断的博弈、对话中,协调自身位置、确立统一规范、构建专业权威的过程。

专业主义是区别于行政控制和市场控制的一种同行控制模式,是一种社会专业与其他专业以及其他社会力量协调专业权限而确立起来的专业"门槛",即专业精神、专业理想、专业信念、专业规范、专业技能、专业管理权限等的总和。对于新闻业来说,专业主义要求新闻业对外排除政治、社会力量的干涉,树立权威,对内统一规范、统一管理,以实现服务社会、服务公众的要求,两者互为条件、互为因果。然而,由于强大的自由主义传统,美国新闻业强调独立胜于规范,许可证制度等常见的专业管理措施从未得到新闻界的认可。于是,作为一种妥协和替代,媒介批评以软性管理的形式被赋予了专业自律的性质。

应当肯定的是,在美国新闻业迈向专业化的过程中,媒介批评也逐渐向专业化方向发展,其重要标志就是媒介批评的机制化。这既包括作为自律机制的新闻评议会、内部督察员、专业期刊、专业协会及其道德规范等,也包括来自专业以外的职业批评家、媒介观察和批评组织等。这些机制在监督媒介、批评媒介、改革媒介方面具有一定的作用。但是,媒介批评机制也面临着合理性和有效性的矛盾,其作用不容高估。更重要的是,由于媒介批评的对象本身就是它赖以公开的渠道,在本来应当公平对话的批评空间里,批评主体的权利却极不均衡,媒介批评必须首先协商话语权。这是媒介批评的一个重大障碍,因为没有媒介喜欢公开批评自己,也反对来自外界的批评。在一些新闻从业人员看来,任何对新闻媒介的批评和要求都体现了实施媒介控制的企图,从而必然侵犯新闻自由。在新闻业看来,媒介批评意味着一种社会控制,新闻媒介既反对任何形式的控制(甚至包括自我控制),又不得不依靠媒介批评树立专业权威、构建专业认同。这些矛盾影响了媒介批评的效力,阻碍了新闻媒介的进一步改革。

因此,一方面,具有一定专业自律性质的媒介批评是新闻业维护自身权威的一种手段,而另一方面,持续、公开的批评又不可避免地损害新闻媒介的权威,进而影响新闻专业的自主权。美国媒介批评与新闻专业主义的这种矛盾关系,导致了美国新闻从业者对媒介批评的策略性运用。本文通过具体案例的分析揭示,由新闻业操纵的一些媒介批评可以解读为一种话语策略:专业权威的社会性建构策略——新闻业通过媒介批评来实现专业的权限设置和自我控制。在新闻专业主义语境下,媒介批评以悖论的形式加入了专业权威的建构过程:首先,媒介通过抵制新闻媒介批评树立独立的社会形象,确立了专业的权限;其次,媒介又通过象征性的批评展示了自己"愿意且能够自我批评"的形象,重申了专业规范,抵消了外界进一步批评的可能性,从而成功地树立了专业权威;最后,媒介批评还承担了杜克海姆所谓的横向团结和群体认同的功能,起到整合新闻专业社区、加强内部控制的作用。

从美国新闻史来看,媒介批评与新闻专业规范的建构与解构密切相关:媒介批评促成专业规范,同时又不断挑战、质疑这些规范;新闻业以规范为自身存在确立合法性(规范既是维系一个专业的纽带,又是向公众显示责任的象征),同时,又不愿为规范所束缚(这与新闻自由的理念相左)。本文详尽地分析了美国的新闻媒介批评与美国新闻专业主义交互发展的历程:从专业主义的初步确立,到客观性规范的建构,再到社会责任论的挑战以及最近的公共新闻学的替代。这一过程的分析显示了美国新闻媒介批评的贡献与局限。从19世纪末开始,在对媒介的商业主义和煽情主义的批评声中,专业主义作为一种改进方案,逐渐得到认可,并迅速付诸实施:新闻院系相继成立,专业组织开始组建,伦理规范逐步确立。紧接着,面对利用媒介进行宣传的企图和社会对媒介宣传的激烈批评,客观性原则走进新闻专业主义的中心,逐渐成为专业的核心理念。客观性规范确立以后,也从来不乏批评之声,到20世纪40—50年代,对客观性的批评达到高潮,于是,哈钦斯委员会的报告应运而生。社会责任论并不否定传统的新闻规范,仍然视媒介为民主社会的前提与基础:为公民的正确决策提供真实而全面的信息。但是,社会责任论把责任加入新闻自由的概念当中,丰富了新闻的专业理念。在60—70年代西方社会的政治动荡中,新闻媒介遭受了前所未有的批评,有外界的抨击,也有内部的检视,但总的来说,在专业规范、专业理念上缺乏实质性、持久性的建树。进入80年代以后,缺乏实践的专业理念(如社会责任论)有了新的发展,在对新闻媒介与民主政治的双重批评之下,"公共新闻学"(public journalism)在80年代末、90年代初浮出水面。作为一种运动,公共新闻学既获得了哲学的支撑,又得到了实践的检验,从而被视为专业规范的重要突破。

对美国新闻媒介批评的这一解读,要求我们辩证地建构对于媒介批评的期待:在坚持歧见的正当性的同时,追求共识的理想与效率。承认歧见,是民主的底线,也是以叙事来解读媒介批评的必然结果。但是,这并不意味着可以放弃达成共识的理想。追求共识的最大化,是媒介批评实现自身价值、促进媒介进步和社会发展的要求。正是在歧见与共识之间,媒介批评协商着自身的合法性与有效性。

国内外有关媒介批评研究的薄弱,为本文的写作增加了难度,但也为本文的展开提供了空间。本文在以下几个方面进行了独立的探索:

首先,本文以叙事的观点解读美国的新闻媒介批评。这不仅避免了陷入具体论战的陷阱,保持了适当的研究距离,更重要的是,这一解读揭示了媒介批评的本质,对于理解美国新闻媒介批评呈现出的喧哗与矛盾现象,具有相当的价值。因此,媒介批评研究不再是直接批评媒介,而是对批评的批评。

其次,本文将媒介批评视为社会行为者之间的对话。通过这种对话,新闻媒介的权限得以协商,规范得以建构。"对话观"也为分析媒介批评与新闻媒介的关系提供了新的视角。

第三,本文从新闻专业主义视角来解读媒介批评。媒介批评在某种程度上就是对新闻专业主义的建构与修补,因此将美国媒介批评置于新闻专业主义的话语基点之上予以研究探讨。

第四,本文依据大量第一手资料,对美国新闻媒介批评的理论与实践、成绩与困境进行了全面的梳理与评介,这在国内尚属首次,国外亦为鲜见。

研究美国的新闻媒介批评,目的不在于其本身,而是为中国的媒介批评寻求一种思路。中国的新闻媒介经历了改革开放以来的巨大发展,矛盾也随着经验一起凸显出来,加强对监督者的监督、对批评者的批评,成为许多有识之士的共识。不可否认,中美新闻媒介的性质、功能、环境都有巨大差异,对媒介的期望与要求也不完全一致。美国有些批评所反对的,可能恰好是我们的媒介今后会逐步提倡的,比如对新闻自由主义、专业主义的批评,但是,这些批评有助于全面、正确地评价我们所提倡的理念,以扬弃的姿态吸收美国新闻媒介批评的有关理论与实践。有些批评指出的问题是中美新闻媒介的共同弊病,如市场经济对于新闻业的腐蚀,则可以拿来警示。因此,我们分析美国媒介批评的性质、历史与功能,首先就是要理解其立场与"利场",正确、全面地把握媒介批评的观念与理论。其次,美国的新闻媒介批评实践的成败得失也将为发展我国的新闻媒介批评提供镜鉴。

上篇 媒介批评:叙事与道德

每一个自由人都是媒介批评家。

在美国,媒介批评的繁荣被视为民主社会的骄傲。《哥伦比亚新闻学评论》曾用"千万种声音鲜花般盛开"来形容其兴旺,到2000年,仅网上与媒介批评有关的内容即多达74 000条(Boylan,2000)。而报纸、广播、电视、期刊、书籍上媒介批评的内容更是不计其数。甚至在客厅、厨房、咖啡馆、足球场、出租汽车里也能听到人们对媒介的批评。可以说,媒介批评无所不在。

繁荣的同义词是喧哗。当我们仔细聆听这些声音时,却又发现,它们往往互相对立、互相矛盾:

著名的批评家乔姆斯基和赫尔曼(Chomsky & Herman, 1988)曾撰文指出,《纽约时报》就是《真理报》,两者都充当了统治阶级的意识形态工具。而右倾批评家则认为,媒介反映了自由主义思想,因为调查显示,美国的编辑记者大多是自由主义者[1]。

在反对媒介意识形态偏见的批评家眼中,媒介偏离专业规范(如客观性原则)罪不可赦;而在新闻生产研究者看来,恰恰是这

---

[1]　根据R·利希特、S·罗思曼和L·利希特(Robert Lichter, Stanley Rothman and Linda Lichter)1986年的调查,在全国性知名媒体中,54%的新闻工作者声称自己是自由主义者,17%说是保守主义者,剩下的则走"中间道路"(Schudson, 1995)。

些专业生产常规使媒介成为意识形态控制的帮凶[1]。

对于媒介的窄播(narrowcasting)现象,有人欢呼,媒介窄播再生产了特殊的身份认同,从而再生产了小群体的团结;也有人批评,媒介窄播威胁了市民社会的健康发展,因为它所创造的媒介世界过于分化,从而失却了共同经验和共同讨论的可能性。

商业性媒介,尤其是跨国媒介,为了吸引尽可能多的受众,回避矛盾,锁定共同兴趣。支持者鼓吹大同世界的理想,而批评家则抨击,这些媒介公司泯灭了民族文化,使得大众文化大行其道[2]。

对于新闻娱乐化现象,批评者痛斥媒介的"堕落",大声疾呼重建媒介的政治功能;而支持者则欢呼其"草根性",为其摆脱虚伪的精英主义而叫好。

……

这些互相矛盾、互相对立的观点充斥媒介批评的话语空间,不仅可能淹没真知灼见,令人无所适从,而且相互抵消,给傲慢的从业人员以拒绝接受批评的口实,从而对改善新闻传播实践作用甚微。从这一意义上说,对于媒介批评的批判性研究,势在必行。媒介批评在美国的新闻实践中究竟扮演什么角色? 反映了美国媒介与社会的何种现实? 媒介批评是否能够对媒介发展、社会进步做出贡献? 要回答这一系列问题,就必须深入考察美国新闻媒介批评的历史与现状,分析其内容与标准,然后评价其成败得失。

---

[1] 例如,新闻工作者对新闻来源的依赖,导致了"收编"与"共谋";客观报道的传统与程式,如平衡和直接引语方式,导致了对权威来源的偏爱,从而使当权者在媒介中占有绝对优势(参见 Roshco, 1994; Schudson, 1993)。

[2] 如著名的英国学者汤林森(1999),对"文化帝国主义"现象进行了雄辩的论述;更有人认为,媒介在"文化帝国主义"的形成过程中负有不可推卸的责任。

　　然而,与这种迫切的需要相比,有关媒介批评的研究却很少。P·J·戴利(Daley,1983)在20年前着手研究美国历史上著名的媒介批评家时,即感叹:"新闻媒介批评是一个很重要的话题,然而,在有关新闻媒介的研究中,无论是过去还是现在它都被忽略了。"他的博士论文《20世纪美国新闻媒介批评的激进趋势》也未能正式出版。在戴利之前,李·布朗(Brown,1974)的著作《不情愿的改革:论美国的新闻媒介批评》在这一研究领域较有影响,后来的有关研究几乎都要提及,但由于该书篇幅较小,论述深度有限,有待开拓的领域还很多。T·戈尔茨坦(Goldstein,1989)编撰的《谋杀信使:媒介批评100年》搜集了美国历史上有名的批评文章,为进一步研究新闻媒介批评提供了资料。J·B·莱莫特(Lemert,1989)的《批评媒介:经验主义方法》总结了经验研究对媒介批评的贡献。J·詹森(Jensen,1990)的《拯救现代性:媒介批评中的矛盾》以独特的视角梳理了美国媒介批评中的一些主题,M·T·马尔佐夫(Marzolf)在1991年发表的《文明之声:美国的新闻媒介批评1880—1950》对70年的历史作了一个比较全面的回顾,这两本书都具有较高的参考价值。作为教材,P·B·欧利克(Orlik)的《电子媒介批评:应用的视角》在2001已出第二版,但正如其书名所示,他强调应用性,理论性较弱,而且囊括了电子媒介,主要是电视中的所有内容,包括电视剧、谈话节目等,直接有关新闻内容的批评则比较有限。1993年,K·B·诺辛顿(Northington)的博士论文《作为专业自律的媒介批评:对美国新闻学评论的研究》从专业自律的角度审视了美国的新闻学评论,对媒介批评研究有一定的启发意义,但似乎也未公开发表。还有一些研究散见于各种专业期刊,如《大众传播批判研究》、《大众传播媒介伦理杂志》、

《新闻学与传播学季刊》等等。上述这些研究对于我们了解和研究美国媒介批评的历史与现状大有裨益，但相对于喧哗、繁荣的媒介批评本身来说，仍嫌不够，解释乏力。

P·F·拉扎斯费尔德（Lazarsfeld）在1948年分析媒介批评研究的缺失现象时认为，这主要归咎于两个原因：一是新闻媒介批评的对象对批评的抵制，使得针对媒介批评的研究缺少合法性基础；二是学术研究领域对媒介批评的轻视，认为新闻媒介批评现象不值得研究，使得针对媒介批评的研究缺少学术性基础。这与媒介批评内容的庞杂、方法的多样性有关，科学地梳理、整合如此参差不齐的批评文本，的确是一个难题。另外，这也从一个侧面反映了美国新闻传播研究的现实，日益向社会科学靠拢的新闻传播学术界越来越重视实证的方法和理论的建构，媒介批评这一现象似乎既无益于某一理论的增长，也难以套用实证的方法①，所以，媒介批评不能成为研究的主流，当在情理之中。

但是，现实问题并不会由于研究的缺位而消失，恰恰相反，缺位的代价总有一天将由实践界与学术界最终偿付。事实上，美国并不缺乏批评和批评性研究，缺乏的是批评的落实和效果的体现——而这恰恰是研究媒介批评的目的之一。越来越多的批评涌现，这既是新问题的结果，也是老问题的积累，同时对所有批评构成反讽：如何实现媒介批评的价值？

媒介批评的矛盾和两难，也许正反映了人们对于媒介批评及其与新闻媒介关系的误读。要掀开浮于水面的冰山，需要启用新

---

① 有少量对媒介批评的研究运用了内容分析的方法，考察专业期刊的内容，计算批评所占比例；也有的运用调查问卷的方式，了解媒介批评对从业人员的影响，但总的来说，数量很少、影响有限。

的思路。因此,本文不打算直接分析美国的新闻媒介及其产品,也不打算纠缠于形形色色矛盾而对立的媒介批评,以及媒介批评与媒介行业的对立之中,那样只能陷于具体问题的纠葛,永远也走不出话语的丛林……

第一章　媒介批评:也是一种叙事

美国新闻媒介批评的繁荣,是新闻媒介日益成为社会生活中心的体现。而美国新闻媒介批评的矛盾,也不可避免地折射出美国社会的矛盾性。

作为一种新技术形式,传播媒介延伸了人类的感觉器官和神经系统,并在某种程度上改变了社会与文化的性质,将地球变为彼此休戚相关的村落(麦克卢汉,2000),大众传媒,尤其是电子媒介,在当今加速发展的媒介历史中又处于核心地位,深刻地影响了人类的生活方式乃至人类本身。

在大众传媒中占主导地位的内容——新闻,同样随着传媒的强力影响迅速而深刻地改变着社会生活,以至于奥尔瑟艾德和斯诺(Altheide & Snow, 1991)宣称"后新闻主义"(post journalism)时代的到来:有组织的新闻事业已经消失,我们都是后新闻主义者。因为,不仅所有新闻实践、技术和手段都在适应媒介形式(而非内容),而且媒介报道的对象(机构、主题)本身业已成为媒介(新闻的形式与标准)的产品。

当媒介日益走进人类社会生活的中心时,媒介也不可避免地成为关注的中心、批评的靶子。然而,与媒介的中心作用相矛盾的是,媒介批评一方面强调媒介的强大效果,一方面又将媒介剥离社会的中心,将其视为外在的、自主的势力。比如,现代媒介批评的矛盾典型地体现在"我们/他们"的两分法之中:我们是他们(媒介)强大力量的受害者。用舒德森的话说,媒介总是被外界视为"危险的、外来影响的、巨大而无责任的风险的源泉"(Schudson,1995:49)。把媒介视为外在物,解脱了"我们"自己的责任。为此,J·詹森(Jensen,1990)尖锐地指出,大众传媒是现代社会深刻的矛盾性的替罪羊。而媒介批评之所以呈现出今天这种矛盾的状貌,是批评者避免与美国社会根深蒂固的矛盾直接照面的结果。

媒介批评的这种矛盾性要求我们必须以批评的态度对待它。媒介批评讲述了媒介的历史,但是,在以那些批评固有的方式认识媒介之前,我们必须"开箱"检验——检视媒介批评背后暗含的预设,以及这些预设的依据、基本类型、一致性或矛盾性。因此,对媒介批评的研究就是对批评的批评。

基于这一认识,本文把媒介批评视为一种叙事,一种不同于科学的知识形态。也就是说,本研究基于以下假设:媒介批评不仅仅是人们对媒介的认知与评价,更是批评者的社会与生活矛盾的折射,是批评者对自身境遇的曲折表述。

一、媒介批评与叙事

叙事就是讲故事,但不仅仅是讲故事,它是传统知识话语的典型之一。"叙事出现在所有的时间、所有的地方、所有的社会之中;叙事伴随着人类历史的开始而出现"(罗兰·巴特语,转引自伯格,2000)。寓言、神话是叙事,小说、诗歌是叙事,新闻、日常对话也是叙事。现代叙事理论把叙事理解为了解世界和了解自我的最重要途径之一，是"人们将各种经验组织成有现实意义的事件的基本方式"（洛朗·理查森，1990，转引自伯格，2000）。人们不仅通过叙事来了解世界和了解自我，也通过叙事来讲述自己对世界的理解。

在进行媒介批评的时候，批评者向世界表述了自己对媒介的理解；而通过阅读媒介批评文本，人们得到有关媒介的知识。然而视媒介批评为叙事的意义不仅限于此，强调批评的叙事性，要求我们像叙事理论分析神话、寓言一样，进一步分析这些知识背后的预设与逻辑，即媒介批评是如何来建构对于媒介的理解的。

詹森（Jensen，1990）之所以认为媒介批评也具有神话、传说和民间故事的特性，就是因为他把媒介批评理解为更为一般性的话语，认为媒介批评动员并再生产了有关历史、文化、社会和技术的预设。在这里，话语指相互交叉的、自我认定的信仰系统，这些信仰对于理解过去、解释现在和预测将来意义重大。因此，当媒介批评话语以统一的社会叙事的方式运作时，也可以不出示外在的证据，因为社会叙事本身即具有说服力：他们征用并强化了那些想当然的预设。这也就意味着社会叙事尤其难以分析、批评或超越。但是，如果我们暂时将批评话语悬置，检视其语言与逻辑，就可以质疑其有用性。

三角关系中的批评者

分析批评叙事，首先要关注讲述者、聆听者和指涉物之间的关系，因为正是这种关系揭示了叙事话语背后的立场与态度。从讲述者、聆听者和指涉物的三角关系解读媒介批评，有利于媒介批评研究者超越批评叙事本身，进一步挖掘出它的隐性立场及其被忽略的建构功能。

利奥塔(1996)认为,在讲述者、聆听者和指涉物之间存在一种特定的关系:讲述者处于"知者"或"智者"的地位,因而具有相对的权威性;聆听者的角色定位只是表示赞同或反对,当讲述者的权威性不容置疑时,聆听者无需参与讨论或证实;而指涉物则以独特的定义方式来回应。比如,当有人批评说:这一新闻报道是不客观的,批评者显示了自己对这一报道和报道的客观性要求的知识,他对指涉物——新闻报道——的影响力即体现在他对指涉物的界定和判断上。事实上,他已经宣布了指涉物的性质:不客观。在如此宣布的同时,他被赋予了一种权威。而对于聆听者来说,对叙事(批评)的赞成与否实质上即对这一权威的认同与否。

不过,在叙事的过程中,讲述者有时在场,有时不在场。当讲述者在场时,他有时以客体的形式讲述他人的故事,有时则充当叙事中的角色,甚至还参与对话。当叙事者的身份可以辨识的时候,我们可以判断出他的角色和立场。但是,不少叙事是以"客观"形式表述的,叙事者隐藏在文本的背后,直接将权威加诸指涉物上,以一种不容置疑的方式定义了指涉物。在这种情形下,对叙事的赞成与否似乎只是对指涉物性质的赞成与否。比如上述批评,如果宣布新闻报道不客观的批评者藏而不露,"不客观"的新闻报道似乎在自我表达,聆听者的表态则建立在作为个体对新闻报道的认知与评价的基础上,但是聆听者的认知和评价基础可能与批评者完全不同。这就是为何有时批评和反批评往往是自说自话,而非对话。当讲述者的身份清晰可辨时,对叙事的评估则转而成为对讲述者权威的评估。如果批评者是一个新闻学专家,人们可能会认为,他是专家,他的批评一定是正确的;但是如果批评者是当事人(无论是报道者还是被报道者),批评则有可能被视为一种辩护。

因此,用叙事的眼光看待媒介批评,意味着必须在讲述者、聆听者和指涉物之间的关系中解读媒介批评,尤其是揭露批评者的叙事意图。因为,如果不将批评纳入这一关系之中,仅仅以叙事所呈现的方式理解、认识新闻媒介,可能正好让讲述者"诡计得逞"①。

叙事的属性

讲述者的"诡计"体现在叙事的特性之中。根据布鲁纳(Jerome Bruner)的叙事理论,叙事的属性大致可以归纳为以下四个方面②:

(1) 叙事是对被破坏的规范和社会秩序的修补。叙事总是始于行为者违反正式标准,比如亚当和夏娃偷吃禁果,违反了上帝的旨意,是一种罪过(原罪)。叙事不仅要谴责这种违规,而且还要进行修补,以强化某种规范。因此,亚当夏娃不仅被逐出乐园,而且必须以禁欲赎罪——禁欲的规范在这一叙事中得以强化。

(2) 叙事具有工具性。叙事总是讲述具体的故事,但其目的不是要聆听者了解故事本身,而是要通过具体的故事展示抽象的规范和原则,以指导聆听者的行为。《圣经》讲述亚当夏娃的故

---

① "诡计得逞"是利奥塔最喜欢的比喻之一,在此,语言不再被视为信息传达的工具,而是有着明确意图和效果的工具;对读者说的话也不再是资讯,而是"一种打败沟通对手的手段"(参见詹姆逊为利奥塔所写的序言)。

② 这一概括基于泰勒和凡·埃夫里(Taylor & Van Every, 2000)对布鲁纳的总结,他们将布鲁纳的观点总结为八个方面,我根据本文的要求,将其简化、综合为四点。

事,并非描述历史,而是要阐述基督教义,规范基督徒的行为。由此可见,叙事将一般(类型)转化为特殊,并赋予特殊事件和行为者以象征意义。一个故事之所以成其为一个故事,首先在于其普遍性、可辨别性,听者可以根据普遍经验填补故事的空白;但同时,故事只有在具体人物和时空背景中才能有效展开。但具体的人和事不是讲故事的目的,而只是手段,是更宏大的类型的象征,目的在于依此类推。它是类型的范例,是一种象征。故事角色具有双重身份、过着双重生活:一方面,他们是特殊的心理角色,处于具体的社会情境;另一方面,他们又是类型角色,必须体现类型事件中的动机和意图。

(3) 叙事具有社会性。故事只有通过讲述,才能实现其工具价值。但讲述的行为模式不是事先规定的。人们不仅要聆听,而且要解释,有时甚至参与讲述。如何讲述以及对叙事形式的贡献率,取决于社会结构,以及贡献者的需要和经验。因此,叙事的意义并非固定不变,而是可协商的。而且,也没有现成的叙事等待着听众。讲述者与聆听者在协商叙事意义的同时,也协商了共同规范和相互关系。

(4) 叙事具有累积效果。人们对社会和组织的理解是循序渐进的,体现在他们的解释和故事中。文化和传统从来不是无意义的、孤立的,无法不考虑人们的关系网而加以解释。

对媒介的批评即始于新闻媒介及其从业人员对规范的违背和破坏。在否定性陈述中,讲述者指出违规行为及其破坏性,并通过肯定性陈述阐述规范所要求的"正确"行为。有些学者,如欧利克(Orlik,2001)认为,肯定性评价也是媒介批评。肯定,从叙事元素的二元对立来看,由于违规的存在而具有表述价值,即违规的存在导致规范重申的必要性。肯定、表扬也是一种批评，间接的批评。但并非所有事件描述都构成叙事。有些事情不值得讲述，这些故事不是缺乏故事性，而是"没有意义"（布鲁纳，参见 Taylor & Van Every, 2000）。要具有讲述价值，故事必须是关于规范原本（canonical script）被突破、违背或偏离的情况，因为这些突破、违背或偏离在某种程度上危及规范原本的合法性。欧利克把纯粹否定性媒介批评看作是拒绝承认新闻实践所具有的任何价值，这一观点不正确，至少不完全正确，因为任何批评叙事都明示或暗示了价值所在。比如，批评新闻报道不客观，即承认客观规范的合法性，而客观性规范恰恰是新闻业赖以存在的基础（Schudson, 2001）。当然，当批评直指客观性规范时，由于威胁了新闻实践本身的合法性，被从业人员视为全盘否定则是意料之中的。

批评之意也往往不在对象本身。作为一种叙事，故事只是一种工具。无论是肯定还是否定，目的都在于规范的表述和确认。这种规范可以是专业普遍认可的，也可以是专业以外的人或机构所期望的。甚至讲述规范本身也不是目的，而是批评者借此树立自己的权威——对聆听者和指涉物（批评对象）的权威，从而实现自己的控制权。曾专门研究美国新闻媒介批评的布朗即认为，批评具有社会控制和合法化功能（Brown, 1974）。比如，美国的许多总统都对新闻媒介提出过激烈的批评，副总统斯皮罗·阿格纽在 1969 年时批评道，拥有多种媒介的电视网和报纸对舆论起着极其重要的作用，应该尽力做到不偏不倚和公正地报道与评论国家大事。他特别批评电视网的管理部门使用有"东部权势集团偏见"的评论员，还批评他们没能在新闻和批评之间建起一道"隔开的墙"。事后的一项调查显示，阿格纽的批评发生了作用——使新闻播报向"保险"的处理方向发展（埃默里等，2001：509）。

不过，在对媒介的公开批评中，无论持何种立场的讲述者都不可能垄断话语权，在批评的过程中讲述者通过讨论具体事件来协商规范，从而协商话语权。这一过程体现在批评文本中。有时协商的历史在文本中隐约可辨，有时则需要放在语境中加以解读。本文的一个重要任务就是解读规范协商的过程。

二、作为叙事的媒介批评与科学研究的区别

媒介批评的叙事性更体现在与科学研究的区别中。在美国，大量存在的经验主义新闻媒介研究为媒介批评提供了有力的依据（将在下节详述），但从本质上看，作为叙事的批评与科学的研究有着根本的不同。

利奥塔（1996）认为，作为两种基本的传统知识形态，叙事知识和科学知识是不可通约的。叙事明示或暗示真善美等价值观，并通过叙事者、聆听者和指涉物三方网络构成社会制约关系，而科学以验证真理和修正谬误为根本目的，不关涉正义与邪恶、幸福与痛苦，不进行价值判断。因此，与叙事知识的语言游戏规则多样性相比，科学知识的游戏规则要简单得多。科学话语只需考虑专业范式，是专业行当内部的语言游戏，科学话语的合法性在于科学话语本身，聆听者只需要考虑科学知识本身的正确性，学习科学知识自身的发展史，而不需要认同科学知识讲述者的价值观，不需要学习如何去成为一个"某种知识"认为他应该成为的那种人，因而不直接形成社会制约。

在美国,大众传播学作为社会科学而兴起,并逐渐影响新闻学的研究,对科学主义和专业主义的追求使得它与媒介批评的分野越来越明显①。美国大众传播的经验研究无论是在开创之初,还是在逐步学科化的过程中,都深深打上了学科性和科学性的烙印。学科性,简而言之即学科分类。学科是自治的、自我包含的、自我规范的;也是生产性的,有自己的话语体系。学科话语具有排他性,从而限定了听众必须也是该领域的专业人员。专业主义的一个明显标志就是试图统一一个学科。这种统一赋予该学科以形象认同。专业主义崇尚知识的发现,因而提倡科学主义,认为科学尤其是自然科学,是人类社会最有价值的事物。自然科学强调统一的方法、立场和理论。首先,科学研究的基本原则是意识形态的中立,超然于历史和实践的影响之外,最终建立一个统一的理论体系。第二,基于这一假设,研究人员最恰当的立场是客观——与其所研究的对象保持实践的、道德的、理智的距离。客观主义者从性质上看是经验主义的,从气质上看是实证主义的。第三,科学的主要任务是理论构建,而理论的功能主要是预测和解释。最好的理论就是能够用最简单的公式,解释和预测最广泛的现象。无论是预测还是解释,都与判断不同。第四,任何理论要获得承认,必须

---

① 黄旦(2002)区分了大众传播学与新闻学的区别:前者是从宣传效果、市场和消费者调查起步的,而后者则与19世纪70年代后独立报刊的兴盛相伴随。由此,他认为,"新闻教育以及与此密切相关的新闻学研究是和报刊职业化或新闻专业主义的追求相伴而生,甚至新闻学思想以及研究实际上就是新闻实践的职业化或专业主义的反映。"

从新闻学与专业主义的关系来看,它与媒介批评既相互关联,又有明显区别。而在大众传播学兴起以后,新闻学研究受其影响越来越深,距离本文所说的媒介批评的游戏规则更加遥远。

经过观察验证、核实。因此"可测性"和"可重复性"是科学的另一个要求:通过中立的观察,任何人都能证实或证伪他人的发现。最后,科学的态度必定是乐观的,相信科学最终能够解决一切问题(Nothstine、Blair & Dopeland, 1994)。

大众传播学把理论建构作为自己的最高目标,通过调查研究来验证传说或传统中有关传播现象的"常识"(赛佛林、坦卡德,2000:11)。这些调查研究所采用的方法必须是科学的,即客观、中立且被公认为可靠而有效的。信度(reliability)和效度(validity)是两个基本技术指标(巴比,2002)。对方法的强调集中地体现在大众传播学奠基人拉扎斯费尔德(P. F. Lazarsfeld)身上,当年他的学生甚至以一种十分夸张的故事手法来浓缩他的基本立场(参见 Lemert, 1989):

拉扎斯费尔德:好消息!我太太生了一个孩子!

问:男孩还是女孩?

答:我不知道——我只关心方法!

不过,在批判学者的眼里看来,这种方法本身并不客观,而是在虚假的客观和价值中立掩盖下的意识形态偏见(Gitlin,参见 McLeod, Kosicki and Pan, 1991)。的确,科学并不否认主观,但科学方法的目的就是尽量避免个人主观的偏见。美国著名的社会学家巴比(Babbie, 1986)甚至表示,人通过主观意识来观察现实,不可能判断所观察到的是否真实,甚至不能确定是否真有现实存在,客观性唯一的证据就是"主体间性"(intersubjectivity)。真相的基础是同意(agreement)。从这一意义上说,主体间性即意味着意识形态。但它毕竟不同于政治的意识形态,这种专家内部的"语言游戏"是要寻求"开放的问题"而非"封闭的答案"(同上),即不断地否定,否定终极真理的存在。

　　科学与叙事的区别要求以不一致的标准去衡量,不能以科学的要求判断叙事的信度与效度,反之亦然。但事实上,科学常常指责叙事知识缺乏根据,永远无法用证据来证明自身的合法性,是"野蛮的,原始的,尚未开化的,落后的,异化的……因为叙事知识是由成见、习俗、权威、偏见、天真和意识形态所组成的。叙事知识,是只适合妇女和儿童阅读的寓言、神话或传奇"(利奥塔,1996:94)。显然,这种指责是不公正的,它导致了科学与叙事的"不平等关系",取消叙事知识即泯灭了科学的人文关怀,最终将取消科学的合法性基础。拉扎斯费尔德在解释媒介批评研究的缺失现象时,即认为媒介批评未被视为学术研究的正式、合法的领域是一重要原因①。比如,在新闻史的研究中,布莱耶(Bleyer)、莫特(Mott)、埃默里(Emery)和特贝尔(Tebbel)都很少提到著名的媒介批评家辛克莱(Upton Sinclair)、欧文(Will Irwin)、维拉德(Oswald Garrison Villard)、本特(Silas Bent)和赛尔兹(George Seldes)的观点(Lazarsfeld, 1948)。

　　对于媒介批评来说,其合法性不在于客观、中立,而是价值的多元化。无论居于何种立场、使用何种方式,媒介批评总是反映了社会一部分成员对媒介的要求,而作为社会公器的媒介尽管不能完全满足这些要求,却无论如何不能忽视这些要求。

---

① 另一原因是新闻实践领域对批评的抵制,这一内容将在后文中详述。

三、作为叙事的媒介批评与科学研究的联系

在科学主义的语境中，"科学"的传播研究就是经验主义研究。上文的分析，充分显示了作为叙事的媒介批评与作为科学的传播研究的区别。但是，两者又无法截然分开。一方面，批评的效应与功能为科学研究获得了合法性的基础，另一方面，科学研究也能为媒介批评做出贡献。

科学研究的价值需要获得公众的认同，因此科学话语就需要借助非科学的叙事话语才能获得社会合法性，因为"没有叙事性知识的帮助，科学将处于一种自我假设、自以为是的状态"（利奥塔，1996：101）。媒介批评指涉规范、体现价值，而传播的科学研究也需要讲述自己对于维护社会价值、维护专业规范的用途。比如著名的传播学者赛佛林和坦卡德就曾表示，大众传播研究所总结出的理论可以帮助我们理解媒介，而"有了更好的理解，我们在预测并控制大众传播行为的后果方面就会处于一个更加有利的位置"，同时也可以"使媒介从业者采取的行动立足于更加坚实可靠的基础"（赛佛林、坦卡德，2000：11—12）。在证实自己的社会和实践价值以后，作为社会科学的大众传播学获得了自身的合法性基础。从这一意义上说，传播的科学研究与媒介批评具有一致性。

进一步说，传播的科学研究也可以具有批评性。吉特林（Gitlin）曾经批评美国经验主义传播研究在研究性质与目的上的行政性（administrative），也就是说，这种研究依赖媒介和政府的经济资助，研究问题的合法性与市场和政府政策紧密相连（参见 McLeod，Kosicki and Pan，1991）。批评的矛头主要对准拉扎斯费尔德，事

实上,"行政性"一词本来就是拉扎斯费尔德的创造(Lazarsfeld, 1948)。它"充分揭示了拉扎斯费尔德如何将他的经验主义研究看作是为政府和大众媒介机构服务"(罗杰斯,2002:297)。的确,拉扎斯费尔德的广播研究即受到洛克菲勒基金会的资助,而且,传播学的其他先驱,如C·I·霍夫兰、K·勒温、H·拉斯韦尔、W·施拉姆等,也都接受过洛克菲勒基金会的资助,甚至可以说,"没有洛克菲勒基金会,美国早期传播学就不可能繁荣起来。这个领域就建立在一个石油所提供的基础之上"。(同上:150)

　　但是,且不说这种行政性的研究并不必然排斥科学的结论,即使在"石油基础"上建立的传播学,一旦进入科学的话语圈,就要按照科学的规范规范其自身,尽可能以科学的方法、得出客观的结论①。而且,传播的经验研究也不能与行政性的研究完全划等号。拉扎斯费尔德创造出"行政"一词,就是与"批判"(critical)一词相对的。而经验研究既可以是行政的,也可以是批判的(Lazarsfeld, 1948)。他认为,行政性研究关注效率、效果,而批判性研究对大众传播渠道中没有的内容感兴趣:哪些思想和形式在与普通大众见面之前就被扼杀了。(参见 Lemert, 1989)由此可见,经验研究对媒介批评具有重要的价值。

　　至于传播的经验研究对于媒介批评的贡献,莱莫特(Lemert, 1989)将其归纳为五个方面:第一,经验研究可以让我们比较修辞

----

　　① 许多行政性研究的成果,如接受洛克菲勒基金会资助的传播学先驱们的成果,直到今天还有着广泛的合理性,这就证明在科学专业主义的制约下,行政性研究与科学并不矛盾。而当初美国的广播网拒绝支持拉扎斯费尔德的广播研究项目,则从反面证明了并非所有的传播研究都反映了市场的价值与逻辑。刚开始,广播网之所以反对,是因为"担心研究结果可能有损于他们与广告机构以及广告赞助商的关系"。(参见罗杰斯,2002:281)。

与经验的现实(即媒介现实与社会现实)。如对报纸被新闻集团收购前后的比较研究,可以发现其评论中地方问题的减少。第二,经验研究可以证明未曾预料的结果。比如"知沟"理论就是作为行政性研究的副产品被发现的。第三,经验研究可以支持来自其他学派的研究。如社会责任论认为,新闻媒介的合并对公众比较讯息不利,经验研究可以通过内容分析加以证明。第四,经验研究能够为其他批评者提供新的证据。如对比多年来全国性电视网新闻节目的雷同比例,无论是增加还是减少,都可以成为批评的论据。最后,经验研究还可以提出新的问题,比如有关新闻媒介的手段与目的问题。

　　我们不能同意莱莫特将传播的经验研究直接看作是媒介批评的一种派别①的观点,因为两者毕竟分属不同的话语体系和范畴。"社会科学理论处理的是'是什么',而不是'应该'如何","社会科学只能帮助我们了解事件本身和事件的成因。只有在人们同意比较好坏的标准之后,社会科学才能告诉我们事件应该如何"(巴比,2002:15—17)。通过实证研究,我们可以比较媒介现实与社会现实的异同,从而认定新闻报道是否客观,但是否应该客观则不是科学所要解决的问题。但是,莱莫特总结的经验研究对于媒介批评的贡献,却是毋庸置疑的。事实上,媒介批评吸收来自各种研究的成果,包括经验主义的,也包括非经验主义的,包括传播学的,也包括其他学科的研究成果。这一清单可能是无穷尽的。

---

　　① 莱莫特把媒介批评分为四个派别:马克思主义批评、文化/批判研究、经验主义研究和社会责任论。

四、叙事与媒介批评研究

将媒介批评视为一种叙事,厘清了媒介批评与科学研究之间的区别与联系,也为有关媒介批评自身的研究开辟了新的道路。

过去对于媒介批评的研究也发现了媒介批评所呈现出的喧哗与矛盾的性质,但这些研究大多认为这是媒介批评不够成熟的表现,从而呼吁专业化、理论化的媒介批评,比如马尔佐夫(Marzolf,1991)即把媒介批评视为文学批评的一个分支,希望媒介批评也能够像已经发展成熟的文学批评研究一样,建立起系统的理论与统一的范式。阿特休尔(Altschull, 1990)也认为美国的新闻媒介批评缺乏哲学基础,而这又受到其批评对象——新闻界——重实践轻理论的影响。他引用了鲁宾(David Rubin)的研究结果,批评美国的媒介批评没有统一的理论基础。鲁宾分析了美国新闻媒介批评的六大主题:迎合大众、垄断、侵犯隐私、广告的控制、对工会的敌意、通讯社的罪恶。他指出,除了第一个以外,其他内容都是直接关系媒介实践、新闻内容的,与新闻的哲学无关。

正是基于这样的认识,一些研究者亲自披挂上阵,试图为媒介批评确立理论规范。比如阿特休尔,其著作《从密尔顿到麦克卢汉:美国新闻业背后的理念》(From Milton To McLuhan : The Ideas Behind American Journalism)就是这种意识的产物。在这本书中,阿特休尔梳理了美国新闻理念的思想来源与基础,成为媒介批评的力作。但是,作为美国新闻领域批判学派的代表人物之一,阿特休尔的这一努力使其直接加入到美国的"左右"论战之中,与其说是对于媒介批评的研究,不如说就是直接的媒介批评。

本文认为,对于媒介批评的研究,不是要参与批评媒介,而是要把握媒介批评现象的实质。而且,研究媒介批评也不是为了建立自身的理论体系,也不可能建立理论体系,因为媒介批评是一个十分宽泛的领域,所征用的理论本身就十分庞杂,无法统一。如此一来,如何在保持研究距离的同时,又避免缺乏明确理论依据的问题,成为媒介批评研究者的一个挑战。

"不识庐山真面目,只缘身在此山中"。本文把媒介批评视为一种叙事,从批评叙事与新闻专业的关系角度解读美国的新闻媒介批评。这一解读,不仅避免了陷入具体论战的陷阱,又因为超越而获得了更深刻的认识。也就是说,当我们以叙事的眼光看待媒介批评时,新闻媒介与社会其他行为者的动态关系得以充分展现:通过媒介批评,新闻媒介与社会其他行为者持续互动,协调发展。

第二章 媒介批评:道德的载体

将媒介批评理解为一种社会叙事,就无法回避叙事的道德性问题。正如 H·怀特(White,1987)所说,叙事、社会和道德是不可分割的整体的一部分。历史叙事的核心包括社会的形象及其道德规范,叙事的内容是"政治社会秩序",其目的是赋予不断发生、发展变化的事件以道德意义。叙事除了充当道德判断的工具外,还能刻画出适当的社会角色榜样,为社会成员的行为提供摹本。社会通过叙事划定其存在的道德边界,社会将其自身叙事化(narrativize)。

一、媒介批评与道德评价

不同于科学研究的客观中立、远离价值判断的要求,作为叙事的媒介批评本身就是一种评价,而且是基于一定价值标准(道德体系)的评价。

卡堡(Carbaugh,1989/90)在分析人种志的传播研究中的批评取向时,把批评定义为"从道德结合点来评价"。他认为批评有两个基本要素:一个是评价,一个是道德基础。首先,批评具有评价纬度,即好坏、对错的判断。其次,这种判断是一种道德主张,是对一套道德体系和价值观的应用。当批评之声响起时,伦理学浮出水面——批评就是从特定道德系统的立场出发进行的判断。基于这样的认识,卡堡认为,应当从三个方面来研究批评:对象、立场和模式。首先,批评的对象是什么? 其次,批评的立场是什么? 采取何种价值系统? 最后,批评的模式是什么? 是运用直接的方法,还是间接的方法?

对于新闻媒介批评来说,批评的对象即大众传媒的新闻实践,包括新闻从业人员的活动及其产品。批评的立场可以是抽象的道德观,也可以是具体的利益出发点,但具体利益往往掩盖在抽象的价值观之下。在评价美国的新闻媒介实践时,争执的焦点在个人主义和社群主义(communitarianism)之间、自由与责任之间。新闻媒介批评的模式有直接的,也有间接的,比如欧利克即把肯定性评价也看作是媒介批评。

事实上,批评叙事的道德属性使得媒介批评的内容也以新闻媒介的道德问题为核心。这些问题包括:媒介到底有多大权力? 媒介在我们的生活中究竟扮演什么角色? 媒介的力量如何才能更好地为人类服务? 是否需要限制媒介以使其不滥用权力? (参见Altschull, 1990)。

二、媒介批评的道德标准

批评叙事的道德属性要求对其有不同于科学研究的批评标准。根据著名的伦理学家麦金太尔(Alasdair MacIntyre)和传播学者菲希尔(Walter R. Fisher)的理论,美国新闻伦理学者兰贝斯和奥库安(Lambeth & Aucoin, 1993)提出了新闻学和新闻媒介批评的要求。作为道德叙事的媒介批评,既要考察批评对象的道德叙事,又要注意批评叙事本身的道德性。批评对象的叙事必须具备可理解性、可说明性,同时批评叙事本身又要追求叙事理性——前后一致而且忠实可靠。

麦金太尔用"叙事"的概念阐释德行。他认为,现代社会将人的生活分割成片断,个人所扮演的不同角色消解了个人生活的整体性,从而消解了自我。"德性不是一种使人只在某种特定类型的场合中获得成功的品质。……某人真正拥有一种德性,就可以指望他能在非常不同类型的场合中表现出来。……在某人的生活中的一个德性之整体,唯有作为一个整体生活,即一个能被看作也可被评价为一个整体的生活的特征才是可理解的。"而人的整体性具体地体现在叙事的整体性之中,"这种叙事把诞生、生活和死亡连接起来作为叙述的开端、中间和结尾"。(麦金太尔,1995:258—259)。

麦金太尔如此强调叙事,是因为他把叙事看作是人类区别于其他存在物的关键,是人类生活的本质。人是自己生活的叙事者(作者);理解一种行为,就是把这种行为看作是可以说明的东西,因此人们可以要求行为者提供可以理解的叙事。事实上,叙事不仅是理解他人生活的形式,也是我们理解自己的生活的途径。而且,作为共同体成员的自我不是孤立的,自我的叙事也不是任意的,传统道德是叙事的开端。因此,可以理解的叙事又是一个外在的约束,叙事形式是强加于人的。从这一意义上说,叙事者又是"合作者","我们进入了一个不是我们自己所搭的舞台"。(同上:269)。

兰贝斯和奥库安(Lambeth & Aucoin, 1993)认为,根据麦金太尔的观点,道德行为及其相关的媒介批评,必须包括个人意图、身份,个体叙事的可理解性(intelligibility)和可说明性(accountability),及其与新闻实践和更大的社区叙事之间的关系。也就是说,媒介批评要更加语境化、更具解释性、道德敏感和有见识的个人化。

媒介批评是否语境化,是否具有解释性和道德敏感,首先要求批评者以道德叙事的标准要求被批评者,即考察当事人的叙事是否具有可理解性和可说明性。曾经有这样一个案例:1991 年 11 月 21 日,哥伦比亚的《密苏里人报》(Missourian)刊登了一个商场老板让人跳脱衣舞的报道。媒介批评对此报道争论的焦点是,该报编辑是否应当与警方合作,让记者戴上窃听装置潜入该商场。面对这样的批评,该报编辑辩称,报道只是为了证实其女记者达纳尔(Beth Darnall)所说的被逼跳脱衣舞的事实。我们认为,根据兰贝斯和奥库安的标准,要正确评价这一事件,首先要了解当事人的身份和意图,然后了解报道产生的过程。从编辑部里的谈话来看,记者编辑在决策时并没有充分考虑有关欺骗和体验式采访的一般标准,只是认为作为十分紧急的公事,没有其他办法。而且,事后他们也没有有效而充分地参与道德问题的讨论。也就是说,在报道前后的讨论中,他们都没有考虑个人的身份、意图、可理解性和可说明性。而当时的媒介批评从道德标准出发,正是抓住了这一问题予以激烈的批评。

分析新闻媒介批评,还要考察批评叙事本身的可能性和忠实度。这两个概念来自菲希尔,他认为检测叙事理性有两种方法:一是叙事可能性(probability),即故事讲述要连贯,没有矛盾;二是叙事的忠实度(fidelity),即符合事实与逻辑。交流的叙事范式(narrative paradigm of communication)的功能是："为可导致批评的人类交流行为提供一种阐释和评价的方法,判定一个特定的话语实例是否能为思考和行为提供可靠的、有价值的、理想的指导。"(转引自 Lambeth & Aucoin, 1993)。比如,马尔科姆(Janet Malcolm)批评记者麦金尼斯(Joe McGinniss),说他在写有关杀人嫌犯麦克唐纳(MacDonald)时,答应与其分享稿费,骗取了麦克唐纳的信任。随后,别人批评马尔科姆,拿她过去的一个事例比较,说她也曾被指控骗取信任、歪曲了采访对象的讲话。这说明马尔科姆的叙事不具备"可能性"——不一致。她一方面为自己的解释、转述他人讲话辩解,一方面又撰文表示记者应当提供真实、准确的引语。

三、媒介批评的开放性与包容性

媒介批评以道德为依据,而且这种道德叙事必须体现出整体性。然而,仅从具体事件的叙事来考察媒介批评,还远远不够。叙事的整体性要求我们应当在维系社会规范这个更大、更广的范围内来分析、研究媒介批评。

当我们将整个媒介视为批评对象、考察媒介的社会角色时,评价标准的矛盾现象便凸显出来。与叙事的二元对立特征相一致,媒介批评的话语也呈现出诸多的二元对立,比如:信息与故事、新闻与娱乐、客观与主观、中立与参与、高雅艺术与大众文化、教育与诱惑、共同兴趣与特殊利益等等,而这些矛盾与对立,往往又是社会、经济、文化冲突的折射。

在进行媒介批评时,批评者自觉或不自觉地以这些二元对立的预设为出发点,褒一贬一。詹森(Jensen, 1990)将人们对于媒介的社会角色期待概括为三种主导性比喻,即以这样三个基本前提假设(浪漫的预设)来进行媒介批评:媒介是一种艺术形式、信息来源和教育工具。作为一种艺术形式,媒介所代表的大众文化与高雅艺术相对立;作为一种信息来源,充满偏见的媒介与民主社会对客观信息的要求相矛盾;无论是将媒介视为艺术还是信息,最后落脚点都是教育问题:在大众传媒的影响下,我们将变成什么?

在詹森看来,媒介话语依赖于"诱惑"的神话:在圣经中,亚当、夏娃经不起毒蛇的诱惑而堕落。与其他神话传说相一致,媒介批评也体现了两分法:善与恶、真实与幻想、聪明与愚笨。艺术是善的,信息是真实的,教育则是为了培养智慧。然而,在批评话语中,媒介则成为毒蛇和妖妇:媒介以低俗文化和幻象诱惑受众,使其堕落、愚昧。

不过,这些对立经不起推敲。比如,信息与故事、新闻与娱乐、真实与虚构的区别。历史地看,16 世纪,新闻的主要特征是新鲜,这也是小说区别于传说与神话的主要特点。直到 17、18 世纪,新闻的事实性(客观)才得以凸现。到 19 世纪,和历史学家一起,新闻记者成功地将真实等同于客观。当然,这一区分也不是绝对的。在一些仪式性事件中,媒介竭尽铺陈夸张之能事,而"新新闻主义"、"文学新闻"则公开以文学为旗帜,大量使用描写手法。即使在平时,新闻记者也多以文学标准来评估自己的写作水平。就像巴瑟斯(Barthes)所说,新闻记者、政治家和学者可以尽量使自己远离评价,但他们不能回避文学——这是无法逾越的文化领域(Jacobs, 2002)。

与对媒介的事实真实期望相反,虚构和娱乐作品的作者声称他们在社会中扮演特殊和与众不同的角色:他们通过捕获到真实生活的情绪和戏剧性因素而使其工作更有成效。在18和19世纪，当新闻、历史、科学与基于事实的真实划上等号以后，"艺术"则越来越意味着"想象的"真实，而这被认为是献给受众的更高级的超越的真实，胜于那些尝试反映受限于"纯粹事实"的现实世界的真实。因此，艺术所创造的世界可以迫使人们改变自己和周围世界，从而具有解放性。

解放，还是引诱，也是代表着大众文化的媒介与高雅文化的区别。在一些批评者看来，大众传媒将艺术大众化、商品化，使得艺术不再具有救赎的力量。但是，对于以"民主"自居的美国媒介批评家来说，在进行这样的批评时，他们必须解释：为什么"没有价值"的文化形式如此流行？他们必须回应叙事一致性（整体性）的要求。

事实上，从媒介作为艺术的假设出发，还可以导致一个相反的批评：没有充分体现"偏好群体"（taste publics）的多样性。"偏好群体"指一种想象的审美社区，在该社区中，人们拥有共同的审美偏好和价值观。为了体现民主的多元化与多样性，媒介反映的审美偏好应当也是多元、多样的。

既然媒介批评叙事是矛盾的、不一致的，为什么仍能畅行无阻、反复出现？当我们将媒介叙事与更为广阔的社会叙事联系起来以后，这种矛盾就有了合理的解释。在对媒介的道德批评中，这些并非合理的二元对立，事实上体现了不同的社会群体划分道德边界的需要。用霍尔（Stuart Hall）的话说，这种由特定人群掀起的"道德恐慌"（moral panic），是一种意识形态转移，具有政治功能（Tavener, 2000）。

塔弗纳（Tavener, 2000）在分析人们对美国广播电视日间谈话节目(脱口秀)的批评与由此而引发的道德恐慌时指出,道德恐慌将复杂的政治问题转换为文化问题,并试图通过赋予文化以道德含义的话语形式来解决。

一些"脱口秀"的批评者将其视为低级文化的代表,认为它以煽情的方式,消解了传统的家庭和社会价值观(如对同性恋的同情),"污染"了青年的思想。塔弗纳则认为,文化的高级、低级之分是荒谬的。在1870年代,维多利亚中期的文化概念被当权的、有教养的精英加以狭窄地定义:高级文化指积极的、提升道德水准的,低级文化则是消极的、不道德的。这种区分赋予文化以政治含义:文化成为理性统治下的和谐的政治实体。因此,高级文化成为官方文化,掩盖了阶级冲突。一百年来,这种高低之分,在诋毁"低级的"、"大众文化"的同时,认定了"中产阶级的道德秩序",合法化了统治阶级的文化和道德领导地位。

塔弗纳相信,新的道德恐慌(moral panic)只是合法性斗争的新形式。统治阶级将公众的不满定义为不文明,并认为这种不文明是国家动乱的根源。统治阶级对"文明"的呼吁,体现了控制舆论的企图。它将本来可能敌对的群体团结起来,通过把文化纳入道德范畴,他们打击了一批人,并使得有可能支持这种文化的人保持沉默,还可能导致政府对边缘群体的监控。这就是道德恐慌的政治议程。因此,道德恐慌是"虚构的",是针对媒介负面效果的夸张的修辞,是批评家的再叙事化导致了道德恐慌的虚构。

舒德森在梳理美国新闻的客观性理论发展史时,也同样指出,美国新闻史上数次道德战争,都是"阶级冲突的掩饰"(舒德森,1993:119)。在19世纪30年代,便士报兴起,传统的"六便士报"针对以班乃特的《前锋报》为首的便士报进行了道德讨伐,"对当时六便士报的总编辑而言,发动道德战争不是在抢回市场,而是严重的社会冲突、一场阶级冲突,而他们是站在防卫的一方,抵抗着他们简称为'中产阶级'的敌人,而便士报正是中产阶级的代表及促进者。"(同上:58)。进入 20 世纪以后,以《纽约时报》为代表的、以"信息取向"为特征的报纸受到了社会精英的欢迎,而舒德森则认为,这种报纸实际上与便士报强调新闻乃一脉相承,区别只在于便士报以"故事取向"为特征——它们都迥异于以观点为取向的报纸。为什么当初强烈反对便士报的精英人士转而支持"信息"呢?"信息代表了一种对原我的否定,而故事则代表自我沉溺。"《纽约时报》诉诸理性,其读者具有较强的自我控制和控制环境的能力,因此,它被认为是更好的。事实上,《纽约时报》的特点不在于公正、准确,而是其独特的语调和风格,使读者视其为高贵的徽章。

马尔佐夫(Marzolf, 1991)在研究美国媒介批评史时也发现,20 世纪初的媒介批评基本上是小范围的讨论,批评者大多是月刊的编辑和作家,也有少量的报社编辑、官员和教授。比如,他们批评普利策的报纸忽略社会和政治问题,沉迷于街头琐事。文学和文化类杂志的编辑和作者领导了这场针对庸俗的征战。他们往往上过最好的大学,进的是最好的俱乐部,自视为"文化事业的传教士"。另外,周末报纸的诞生也招来了宗教界的批评。周末报为全家人提供娱乐内容,最早出现在内战时期,到 1886 年时已很重要,被视为对抗教堂的工具。

到了 20 世纪末,这种道德论战在有关公共新闻学问题上又再次上演,公共新闻学者把论战看作是华盛顿、纽约的精英报纸与美国中部更具实用主义、公民价值观的报纸之间的冲突,是民粹主义和精英主义之间的斗争,因为公共新闻学运动的发起人与主要实践者都是美国中西部的地方性报纸或广播电台、电视台。比如,公共新闻学的著名干将坎贝尔(Cole Campbell)即表示,公共新闻学的批评者都来自当前传统的"管家婆"、东部权威媒介——《纽约时报》《华盛顿邮报》等。而科里根(Corrigan, 1999)则认为,这是脱离实际的新闻学教授们①对大报的"妖魔化",从而点燃新闻教育界与实践界的战火。实践界对于担任大学教授需要博士学位以及大学教授对于新闻媒介越来越强烈的批评与介入的不满,在这场道德战争中也一并发泄。在科里根看来,教授们偏离了基本目标:他们只要告诉入门者如何采写新闻就行了,但现在,他们却"热衷于发展传播理论和神秘的研究"(同上:148)。

当我们视媒介批评为一种社会叙事时,隐藏在批评背后的社会、经济、文化冲突便暴露无遗。当人们进行道德讨伐时,我们要深入理解其身份与意图,就像麦金太尔的著名问题:何种正义?谁之合理性?而如此一来,道德、正义都不再是不问青红皂白的、唯一的、普适的。"包容的叙述现象是至关重要的"(麦金太尔,1995:281)。如果将道德标准视为唯一的,这种道德本身就是不道德的,而且我们的社会将因此失去生命力。媒介批评亦然。要保持新闻媒介以及媒介批评自身的活力,媒介批评就必须是开放的、包容的。

---

①　比如,在1997年的专业新闻工作者协会的年会上,一个小组报告的题目就是:"为什么新闻工作者憎恨公共新闻学而学者喜欢它?"另外,1996—1997年的一项调查显示,56%的学者支持公共新闻学,24%不置可否,20%反对。而在科里根(Corrigan,1999)对新闻从业人员的调查中,只有23%认为应当视新闻业为民主过程的积极参与者而非民主社会的看门狗,54%反对;只有34%认为公共新闻学对新闻业是有益的,35%认为无益,31%不肯定。

第三章 媒介批评:社会角色的对话空间

作为一种社会叙事和道德话语,媒介批评反映了社会角色的利益冲突与现实要求,因此,喧哗的媒介批评也就成为社会角色的一个对话空间。在这一空间,不同的社会角色不仅要协商话语的资格,而且要协商话语的位置与场所, 两者共同构成了话语的权力。

一、媒介批评的话语主体

在美国社会,媒介批评的来源大致可以分为三类:新闻界、学术界、公众及其各种组织。

卡瑞把媒介批评的形式分为三种:一是"大众标准或社会责任式的批评",即新闻评议会等形式的批评;二是"科学式批评",即以科学研究的结果作为评判的标准进行的批评;三是"文化批评",即"新闻界和阅听人之间争辩意见不断交换的过程,尤其是那些有动机、有能力进入评判范围而且资格最符合的阅听人"(卡瑞,1994:410)。卡瑞的第一、第三种模式同时包括了新闻界和公众及其组织两个方面,而科学式批评则主要指经验主义的研究。

事实上,学术的批评还应当包括其他内容,如莱莫特(Lemert,1989)所说的四个派别:马克思主义批评、文化/批判研究、经验主义研究和社会责任论。社会责任论作为新闻规范性理论的一个典型代表,是指导新闻评议会成立、运作的基础,但并非唯一的规范理论。近年来,不少学者提出了替代性的理论范式,如英国的学者麦奎尔(Denis McQuail, 1992)①。黄新生(1998)的三种类别——哲学的、报章的和学术的批评——将形式与场所混在一起,哲学的批评和学术的批评(事实上主要指的是基于经验主义研究的批评)都来自学术界,而报章上的批评,在美国主要是公众及其各种组织,也有知识分子的声音和新闻界的自我批评。

王君超(2001)和刘建明(2001)都把媒介的监管者视为批评的主体之一,比如,政府机关、媒体的管理部门以及专业委员会(刘建明,2001)。对于美国新闻业来说,这三方面的人员对于媒介都有大量的批评,但他们分属不同的范畴。由于宪法第一修正案的保护和文化传统,自视独立的新闻媒介对于来自政府的批评最为敏感,将其看作是"剩余责任承受者"(施拉姆,1995),在公开的话语空间,它没有任何特权,甚至不如其他社会团体和组织,美国政府对新闻媒介的控制是通过其他更隐蔽的方式进行的。因此,本文未将其单列。专业委员会作为一种专业自律机构,属于本文所说的新闻界。而媒体的管理部门,如果指专业人员(编辑、记者),则相当于专业主义概念中的专业自治,仍属于本文中的新闻

---

①　麦奎尔(McQuail, 1992)认为传统的媒介规范理论,如社会责任论和自由主义理论,是从媒介与国家的关系来规范媒介,而没有考虑媒介内部的多样性。以公共利益为基础,以媒介运作(performance)的规范与原则为出发点,麦奎尔构筑了新的规范理论。

界;如果来自经理层或媒介所有人,则与专业主义理念相左,在公开的批评空间也没有合法的地位,因此,本文也不将其视为独立的批评来源。

对于新闻界来说,自我批评被视为最佳方案,因为它不仅有助于提高工作水准,而且也向公众表现了自己客观公正、绝不姑息的态度。比如,20 世纪 70 年代末,美国爱达荷州的《路易斯顿论坛报》(*Lewiston Morning Tribune*)刊登了整版的揭露其编辑记者和发行人的问题报道。其中有:发行人的爱达荷教育委员会主席一职对新闻报道的影响,经济记者的工作与其丈夫在一木材公司的经营的关系,执行编辑为美国参议员候选人担任公关的事实,等等。

从整个专业来看,新闻媒介之间的相互批评以及专门的批评机构的批评更加重要,因为在一个充分专业化的社会,专家最有资格评价。事实上,美国也建立了一些自律机制来实现媒介批评。但是,强调新闻自由、以宪法第一修正案为庇护的美国新闻业,其自律机制并不健全,作为自律的媒介批评也作用有限(这些机制将在下文详述)。而且,新闻人自身是否足以担当自我批评的重任,也颇受怀疑。新闻从业人员很少有暇反思自己的实践,偶尔的反思也存在以下一些问题:第一,这种反思往往是事后的,而不是在他们采取传统形式之前或当中;第二,这些想法也很少以促进变革的形式交流;第三,而且很快地,他们又要投入新的报道;第四,如果质疑总是发生,将会影响新闻工作的效率(Lemert, 1989)。舒德森(Schudson, 1995)也曾表示,新闻工作者往往陷入常规,忽略了对新闻本身的思考。布朗的分析更加深刻:"任何系统都自然地倾向于给那些喜欢反思的人设定框框,并限制可能出现的新答案——粉饰的诱惑太大,难免不去使用它"(Brown, 1974:15)。

学术界的批评不乏睿智之声,无论是媒介的经验研究,还是批评学派、文化研究,以及其他学科和领域,如社会学、哲学等等,对新闻媒介的实践都有大量深刻的分析和理智的批评(学术界对于媒介批评的贡献参见前文《媒介批评的叙事性》)。这种批评最大的优点在于超越一己之利与深厚的人文关怀,但是,科学语言的游戏规则限制了这种批评的读者群,从而制约了它的社会和实践效果。

公众的批评在美国是一个十分活跃的因素,这种批评的力量更在于专门组织的积极活动,如著名的"媒介准确性"组织(Accuracy in Media, AIM)和"新闻报道公正与准确"协会(Fairness and Accuracy in Reporting, FAIR)。AIM 成立于 1969 年,致力于批评媒介的"左"倾。到 1990 年,AIM 的成员已超过 25 000,每年的预算达 150 万美元(Schudson, 1995)。FAIR 成立于 1986 年,与 AIM 针锋相对。他们认为,美国的媒介被以利益至上的集团与广告商所控制,独立的新闻也因此不得不妥协,甚至被"收编"。因此,FAIR 希望能撼动主流媒介,它要将主流媒介所忽略的重要新闻展现出来,并保护媒介从业人员不受干扰(萧苹,1999)。

除此以外,美国目前盛行的单一问题利益团体(single-issue interest groups)也都积极卷入媒介批评之中。如著名的反伪科学奥斯汀协会(Austin Society to Oppose Pseudoscience)、美国家庭协会(American Family Association, AFA)等等。不过,公众群体的"不专业"和自身利益出发点问题,又在一定程度上妨碍了媒介批评作用的实现。

二、媒介批评的空间

话语需要空间,批评需要媒介——针对媒介的批评以何种媒介公开?

这是媒介批评实践中一个难以逾越的障碍。事实上,在新闻媒介内部,上下级、同事之间的批评并不少见,其方法包括备忘录、一对一的谈话、讨论、开设专栏等等。然而,参与媒介批评的人很少认为这些方法是有效的,它们通常排斥了公众的系统性参与,也没有在其同事中产生有效的认同。媒介批评的力量在于公开性,"批评性分析必须对所有的新闻从业人员、公众和批评家公开"(Lemert, 1989)。但是,公开批评的媒介资源却在被批评者手中,如何解决这一悖论?

从理想的效果来看,面对消费者的批评最具公开性,也就是说,只有在大众传媒上进行的媒介批评才最为有效。比如,卡瑞提出,媒介批评不能仅仅在专业期刊上发表,对某一报道或评论的批评,只有在面对同样的受众时才最为有效。"新闻的读者也必须是有关该新闻批评的读者"(J. Carey,转引自 Lule, 1992)。著名的哈钦斯委员会也呼吁一种"媒介的媒介批评"(criticism of the press by the press)或公开的批评,认为这是媒介保持自由而负责的唯一方法。

但事实上,新闻媒介并不欢迎这样的批评。在一些新闻从业人员看来,任何对新闻媒介的批评和要求都体现了实施媒介控制的企图,从而必然侵犯新闻自由。事实上,美国的新闻媒介打着民主自由的旗号,反对媒介批评尤其是外界的批评,由来已久。麦克切斯尼(McChesney,1992)注意到,在20世纪20年代,美国媒介的自由理论就使得批判性讨论成为禁域。对第一修正案的解读,使得有关媒介控制的讨论集中在消极的、个体的自由上,不受控制被当作美国民主的基本要求。如CBS的前主席佩利(William Paley)所说:谁攻击美国的媒介制度,谁就是攻击民主本身。

抵制外界批评最常见的策略即贬低其合法性与有效性,认为外人不懂媒介(不是专家),从而也不能正确评价媒介,而只能从各自的利益或立场出发,企图让媒介为其服务(控制媒介)。比如,赫赫有名的哈钦斯委员会就没有报社的人参加,调查期间也不对外开放。1946年3月,第一个报告《人民对人民说》发表以后,马上招致一片反对之声。报告要求媒介报道真实的信息。ASNE主席奈特(Knight)反问:那谁来决定什么是真实的呢? 言下之意是,只有相信专业人员的报道。他认为委员会成员根本就不了解AP、UP或INS,里面的记者都是经过严格训练的专业人员(参见Marzolf,1991)。委员会的思想虽然在新闻教育界、理论界获得了广泛的认同,但在实践领域,直接的影响可谓微乎其微,在面对法律诉讼时,也没有律师以委员会的报告进行辩护(Gleason,1998)。

与此同时,新闻界又把来自内部的批评视为不忠的表现。威尔·欧文(Will Irwin)曾是《纽约太阳报》的记者和《麦克卢尔杂志》(McClure's Magazine)的编辑,他以特约撰稿人的身份为《柯里尔》(Collier)撰写批评文章。他对媒介的批评被指责是"弄脏了自己的巢穴"。

正因为新闻界的抵制,公开的、面向消费者的批评在美国并不多见,以至于不少人认为:在充斥着对个人或社会机构的批评的新

闻媒介上,唯一缺席的批评对象就是媒介自身①(例如 Brown,
1974;Lule,1992)。拉扎斯费尔德也曾指出:"如果有一种大众传
媒特别敏感的制度上的顽疾,那就是对批评的过敏性反应。"作为
看门狗的大众传媒当自身被咬时,叫得最凶(Lazarsfeld,1948)。
这种说法也许有点绝对化,但是,主流媒介上自我批评的稀缺,却
是不争的事实。没有一个老资格的广播网(ABC,CBS,NBC)有
常规的媒介批评节目,因为没有一个老板愿意批评自己。对别的
广播网的批评也很少,因为挑战往往被视为另有他图(如自利)
(Hickey,2000)。

　　如果报纸的版面不是最佳、唯一的批评场所,那么批评的空间
何在? 杰克·鲁尔(Lule,1992)的解决之道是,扩展批评的空间:
在宗教报纸、反映公共利益的时事通讯、期刊、非主流媒介、学术会

----

　　① 也有报告说,从 1973 年到 1998 年的 20 多年时间里,有关媒介信任度的正反
报道都很充分,而且,相关分析显示,媒介的自我批评和对媒介批评的报道,是影响人
们对媒介信任度的主要来源(Fan,2001)。根据社会普查报告(General Social Survey,
GSS),此间除新闻业以外的 11 种社会机构,公众的平均信任度下降了 7%,有的机构持
平,有的略有上升,而新闻业在同时期内下降了 21%。D·P·范认为,如果说是人们
的媒介体验导致了信任度下降,那么在一些具体事件中,比如辛普森案、克林顿丑闻等
报道时期,信任度应当有较明显的下降,但统计分析没有得出这一结论。相反,对军队
和宗教的信任度则明显与个案有关。通过运用复杂的统计分析工具,Fan 相信,新闻媒
介是"自杀的信使"——自己的负面报道损害了自己的公众形象与社会地位,而且这种
影响比 GSS 反映的其他社会、心理因素更显著,如代际关系、人与人之间的信任感、保
守主义思潮、政治疏离感等。
　　本文认为,这种说法有一定的道理,但他不能解释:既然 20 多年里,媒介的自我批
评内容不少,为什么公众会越来越不信任媒介? 除了具体分析媒介的自我批评的内容
以外(本文在下文将有详述),还要分析媒介对待批评的态度:是否正是因为媒介那种
"批评归批评,行动归行动"的姿态激怒了公众? 而且,一以贯之的批评不正显示了媒
介改正的有限性吗? 媒介不显示出接受与改正的姿态和行动,媒介批评当然会导致公
众对媒介的不信任。

议、教室、工人集会、政治集会,以及厨房、起居室、理发店、食堂等等,只要是关心媒介的人都可以批评媒介。

在美国,主流新闻媒介上的媒介批评的确不多见,不仅大的广播网之间缺乏相互批评,也没有电视批评家监视地方电视新闻,地方电视更没有报纸批评家。但全国1 500份日报中大多数有电视批评,有的是自己报社的,有的来自辛迪加。他们每周花数小时认真收看电视节目,给读者以建议。过去,批评的对象主要是电视娱乐节目,但现在越来越多的批评家开始将矛头指向电视新闻(Hickey,2000)。日报自身批评的空白则由非主流媒介填补。现在,一些最尖锐的批评往往出自非主流的新闻周报,他们对主流媒介发起攻击。在"非主流新闻周报协会"(Association of Alternative Newsweeklies)的119个成员中,约有一半雇有专职媒介评论员(Kelleher,2000)。

一些专业的媒介批评组织也利用新闻媒介自身的不一致来实现其批评行为,如AIM,除了自己发行的新闻通讯(发行量超过3万份)外,每天还有3分钟的广播节目在全美200个电台播出,一个每周固定的专栏出现在100多份报纸上。FAIR所出版的媒介批判杂志《号外!》(Extra!),每逢双月出版一次。在没有发行《号外!》的单月份,《号外!》的订户还会收到一封新闻信《号外!最新消息》(Extra! Update)。FAIR的广播节目CounterSpin,每周播出一次,每次播出半小时,播送范围涵盖了全美各州一百多个地方电台。

互联网的普及也拓展了媒介批评的空间。网络媒介批评受益于网络的优势(如不受时空限制、传播面广等),发展迅猛。除了传统的媒介批评杂志如《哥伦比亚新闻评论》、《美国新闻评论》等发行网络版外,原来在传统媒介上撰写批评文章的著名批评家也开始通过网络来扩大自己的影响,如《华盛顿邮报》的库尔兹(Howard Kurtz)。AIM 和 FAIR 等媒介批评组织也有自己的网站,开设讨论区,动员广大受众参与批评。FAIR 还通过电子邮件组(email list)加强组织与公众的联系。另外,还有一些原创的媒介批评网站,如著名的"板岩"(Slate)、"沙龙"(Salon)和"在线新闻评论"(Online Journalism Review)。

从打破主流媒介的垄断与沉默来看,这些批评空间不仅具有象征作用,而且对于新闻媒介来说,始终是一个现实而具体的存在,无法一笔勾销。然而,对比大众传媒的无所不至、无往不胜,这些批评空间仍然十分狭小、脆弱。非主流新闻周报的发行量、阅读率本身就很低,面对庞大的广播电视帝国[1]和报刊世界[2],这些批评空间本身即处于绝对边缘。另外,在网络的信息海洋中,批评之声能够在多大程度上吸引公众也值得怀疑。也就是说,在批评的空间,并非一极世界,除了新闻业自己的声音,也可听到其他的声音;但是,这一空间又是极其不均衡的,批评在被批评者的话语空间边缘苟且偷生。

---

① 据 1994 年的数据,美国在播调幅电台有 4 945 家,在播调频电台 6 613 家,在播电视台 1 518 家(埃默里等,2001)。

② 据美国报纸协会 2001 年公布的数据,2000 年全国各类报纸的总数就达 9 169 家,其中日报(即每日出版的报纸,包括晚报)1 480 家,周报 7 689 家(辜晓进,2002)。

中篇　媒介批评:建构权威

　　美国新闻媒介的形象面临着严峻的考验。近20年来,公众对媒介的批评越来越激烈,新闻媒介的公信力越来越弱化。20世纪90年代的几项相关调查显示,不少美国人认为新闻工作者既自大傲慢,又粗鲁无礼:只有1/3的美国人认为记者关心他们的报道对象;73%的美国人认为媒介不尊重公民的隐私权;几乎一半的美国人认为记者不讲道德;一半以上的美国人认为记者滥用了宪法赋予他们的特权;大约一半的美国人认为记者没有搞清事实;一半以上的人认为媒介经常掩盖自己所犯的错误(转引自罗恩,2001)。

　　如前所述,媒介批评反映了社会对新闻媒介的要求,也反映了更大的社会矛盾与困境。有时,媒介成为不愿或不能正视自身矛盾的公众的替罪羊。但是,苍蝇不叮无缝的鸡蛋,从新闻业自身来看,其行为失范以及对待媒介批评的态度,也导致了媒介批评的加剧。正如美国一新闻记者所说:"敌人是我们自己"(同上:18页)。

　　从这一意义上说,范说对了一半:新闻媒介是"自杀的信使"(Fan,2001),但不仅仅是由于其自己的负面报道损害了媒介的公众形象与社会地位,新闻媒介在对待媒介批评的态度上的傲慢与偏见,更不利于媒介的形象塑造。这也是一个难以解决的悖论:不可否认,媒介批评在试图提升新闻专业水准、提高媒介声望的同时,其负面评价也将破坏新闻业的形象、损害新闻专业的权威。新闻业为了维护自身的合法性,一方面不得不根据媒介批评的要求,改革实践方式、修补专业理念、改善自身形象,另一方面又必须抵制媒介批评以维护自身权威。在这样的困境中,美国新闻业对媒介批评的反应,更多的成为一种策略性的仪式:媒介批评成为新闻专业建构自身权威的工具。

　　本篇从美国新闻业对待媒介批评的态度与策略出发,解读美国的新闻媒介批评,力图在批评者与被批评者的关系中,进一步探索媒介批评的性质与功能。这一探索建立在上篇有关媒介批评性质(叙事性与道德性)认定的基础上,同时,又是上篇分析的深化。

第四章　媒介批评:制度化的尝试与困境

　　新闻媒介承担着监视环境、联系社会、传承文化的功能,批评社会、监督权力,是媒介的本分与职责。然而,当媒介自身的权力越来越大的时候,新的问题随之出现:谁来批评批评者? 谁来监督监督者?

　　如前所述,美国的新闻界对于外界的批评十分"敏感"与抵制。但是,美国新闻界也不能对媒介批评充耳不闻,正如哈钦斯委员会(The Commission, 1947)所说,如果媒介不致力于改革,继续从事屡遭批评的行为,就必将导致政府的管制。这是美国的新闻界所不愿意看到的。要防止他治就必须自治,要排除他律就必须自律。这是各种社会专业的一个共同特征。于是,媒介批评作为一种自律机制,从 20 世纪初期开始在美国逐步建立。

一、媒介批评与新闻专业自律

　　一般来说,处理生产者和消费者之间的关系有三种模式:消费者控制、第三方控制和同行控制,政府控制属于第三方控制,而专业主义则是同行控制(Beam, 1990)。因此,专业化的核心是该专业从业人员对其工作的控制程度——而非消费者控制或政府、企业管理者控制(Freidson, 1994)。对于新闻业来说,自我控制——自律——尤其重要:免于外界控制,尤其是政府的控制,可以说主宰了美国媒介的历史进程。比如,1923 年"全国广播工作者协会"(NAB)成立之初即试图通过自律来解决干扰问题:让广播电台主动地只在规定时间规定频率工作。这一努力的失败,部分地导致了 1927 年广播法案(Radio Act)的诞生。因此,施拉姆(Schramm, 1992)认为,"用心鼓励或督促媒体做负责任表现的工具"(341页)有三种力量:政府、媒体自身和一般大众,而政府只是"剩余责任的承受者"(344 页),关键还是媒介自身。

格里菲思(William B. Griffith)将自律看作是一种"微型社会契约"(mini-social contract),根据这一契约的协定,专业组织拥有新成员加入和确定工作标准的集体控制权。当然,这必须以专家保证和最佳利益为前提,而不是为了专业的私利(Bunton, 2000)。

坎贝尔(Campbell, 1999)细致地分析了自律的形式与利弊。他认为,自律的"自",指一群集体行动的主体(企业),通常通过行业协会来实施。"律"包括三个方面:1)立法——制定适当的规章制度;2)实施——对违规者采取行动;3)判决——裁定违规行为是否发生,并采取适当的制裁措施。自律的主体是行业,但行业不一定要参与管理的三个方面,而可能只涉足其中一二。在坎贝尔看来,自律有五大优点:1)高效率,因为自律依赖专家,而专家拥有更多的专门知识;2)灵活性,行业协会能更及时地根据形势变化调整规定,而代理机构则难以取得政治支持和社会一致;3)更有利于服从,企业更愿意遵从同行而非外部势力;4)降低成本,行业自律的成本低于政府管理;5)避开宪法问题,如宪法第一修正案。

但并非所有的人都赞同自律。反对者质疑赞成自律的基础。如关于专家问题,斯怀尔(Swire)教授认为,企业雇用专家不是为大众服务,而是为了增加利润。自律本身也有问题,如可能把管理目的歪曲为企业自身目的,并且混淆于自我服务。自律的私人性质,也使得企业难以顾及公众或行业外部其他团体的利益。还有不少人质疑自律的实施机制,企业未必愿意担负自律所需的成本,行业是否有权力实施具体制裁也值得怀疑。最常见的自律行为是开除,但开除的效果要视成为成员的利益有多大。很多实例表明,开除的效果并不明显。自律的另一个问题是它有可能导致反竞争行为,从而招致政府的反托拉斯法案。

美国的新闻界在向专业化迈进的时候,也表达了对自治、自律的呼唤。李普曼和默兹(Lippmann & Merz)在1920年分析《纽约时报》关于苏联革命的文章中指出:"界定并实施新闻从业标准的力量何在?主要还是在专业自身。"他们呼吁报纸公会担负起批评的责任:"面对处处对其工作的不信任,作为公民,他们不能规避这一责任;作为专业成员,他们必须这样做。"(参见 Lule,1992)。

于是,伴随着新闻专业化的步伐,新闻业从20世纪初期开始也尝试着建立了一系列自律的机制,如各种专业协会、新闻教育机构,等等。但是,其他专业(如法律、医药)普遍采用的许可证制度却在美国遭到了新闻界的强烈反对。当年哈钦斯委员会在考察了美国的新闻专业机制,如专业组织、伦理规范、新闻院系等等后,认为美国的新闻界缺乏一种可以执行专业标准的机制。不过,委员会对于正式的管理机构(如专业协会)持怀疑态度,认为这不是新闻专业应当追求的目标。他们更倾向于非制度化的管理——媒介批评。"如果专业组织并非我们所期待,专业理想和态度却仍然是必不可少的"(The Commission, 1947:77)。

在20世纪的下半叶,美国新闻业发展了一系列以媒介批评为基础的专业自律机制,如新闻评议会(news council)、专业协会及其章程、新闻督察员(ombudsman,又译公评人)和专业批评期刊等,其共同特点是"软监督"而非"硬控制",在一定程度上维护了新闻业对自由与独立的要求。

二、媒介批评与专业协会

早在1887年,美国就成立了报纸发行人协会,但该协会只关心经营问题,对于新闻、评论等漠不关心,算不上新闻专业组织。在全国性的"美国报纸编辑协会"(American Society of Newspaper Editors, ASNE)成立以前,许多州成立了自己的新闻专业协会,如密苏里报纸协会(MPA)。Banning 在 1998—1999 年曾考察过 MPA 1867 年至 1876 年的会议记录,从讨论内容来看,在当时,人们已经将新闻业视为一种专业。

目前美国最大的专业协会是职业工作者协会(the Society of Professional Journalists, SPJ),它起源于 1909 年的"西格马·德尔塔·凯"(Sigma Delta Chi)。1909 年,迪波夫大学(DePauw University)的 10 名学生为改善新闻事业、使其不沦为商业主义的牺牲品而发起的。到 2001 年,其成员已达 8 800 人,高校分会超过 200 个,职业分会 79 个①。

---

① 数据来源:http://www.spj.org。

ASNE 是在《圣路易斯环球民主党人报》的卡斯珀·S·约斯特(Casper S. Yost)的领导下,于1922年组织起来的,其目的就是要弘扬专业精神:"虽然新闻艺术在美国已蓬勃发展了200多年,但是美国较大报纸的主编们至今依然没有联合起来组成协会,以便考虑他们的共同问题和倡导他们的职业理想。"(埃默里等,2001:600)。

美国报业公会(American Newspapers Guild)成立于1933年,初期致力于改善记者的待遇、维护记者的利益,直到20世纪60年代以后,才开始关注专业标准问题。它成立了"梅利特争取自由和负责的报业基金会",资助地方社区的报业评议会,并鼓励创办批评性的媒介评论刊物。

据统计,到1992年时,美国各类新闻专业协会达到55个,但从业人员的参加比例不高。调查显示,1992年,只有36%的媒介工作人员参加专业团体,比过去有所下降(1982—1983年为40.4%,1971年为45.3%),而加入美国最大的专业协会SPJ的只有7%(Weaver & Wilhoit, 1996)。而且,由于缺乏有效的奖惩措施,这些专业组织所能达到的自律效果更加有限。

美国的新闻专业协会主要通过制定伦理规范来指导新闻实践,同时,这些规范也是媒介批评的依据与标准。不过,从这些章程开始制定时起,就一直备受争议。

1910年,美国堪萨斯州编辑协会正式采纳了威廉·米勒起草的新闻道德准则,这是美国第一个正式的伦理规范。1923年美国报纸编辑人协会通过了《报业信条》(Codes of Press)。1926年,美国职业新闻工作者协会(SPJ)也以这一信条为自己的准则,扩大了信条的影响。但是,在很长时间内,许多媒介对专业协会的各种章程采取抵制策略,认为它们妨碍了新闻自由,可能导致政府对媒介的强制性控制。到 20 世纪 70 年代中期,只有不到 1/10 的报社订有行为规范。

后来,随着社会对媒介批评的增多,媒介开始普遍接受、承认这些规范,并有许多媒介订立了自己的规章制度,尤其是 1973 年,SPJ 对伦理准则进行修改以后,成为当代新闻业道德准则的典范,并在全美掀起了关注道德准则的又一次高潮。1985 年的一次调查显示,59% 的调查对象表示他们已有成文的伦理规范(Davenport & Izard,1985—1986)。

然而,与专业协会一样,由于缺乏执行方案和强制性措施,这些规章制度缺乏实际效果,被称为"没牙的老虎",沦为装点门面的摆设和公关的手段(Gordon et al,1996)。

事实上,如何执行伦理规范一直是困扰新闻专业协会的一个关键问题。1924 年,刚刚成立不久的 ASNE 即面临着实施规范的考验。当时,美国参议员对"茶壶大厦"(Teapot Dome)丑闻进行了调查,该大厦中的政府石油储备被认为出售给了私人企业,而《丹佛邮报》的发行人 F·G·邦菲尔斯(F. G. Bonfils)被指控收受贿赂以压制有关丑闻的报道。协会曾一度投票表决将其开除,但是在邦菲尔斯威胁要起诉的压力下,1929 年,协会表决通过自愿遵守规范而非惩戒。从此以后,"自愿"原则成为新闻专业协会工作的一个基本思路,如 1973 年 SPJ 改定的伦理规范为许多媒介所采纳,但仍然没有执行方案,没有惩罚违规者的机制。该规范只在最后规定:新闻工作者应当尽量避免违背这些标准,应当鼓励所有新闻人遵守这些标准,谴责违背这些标准的行为。

当然, SPJ 的 1973 年规范毕竟是在"信任危机"的时期出台的,他们也试图寻找一种执行规范的机制与程序。但是,在为规范武装"牙齿"的时候,他们不得不竭力避免这样的指控:对违反道德的新闻工作者进行政治迫害。反对强制执行规范的人依然以新闻自由为旗帜,认为制定明确规范并强制执行,可能导致政府的干预,有违宪法第一修正案;而且,在自由主义者看来,强制执行甚至可能是反道德的,因为它限制了人们决策的自主权,而道德决策的基本前提就是自由选择。另外,批评者还认为,从实践来看,成文规范可能导致媒介在法律上的不利,因为法庭会以你自己的标准来衡量你的行为。

对于如何执行规范,SPJ 在 1985 年进行过一次调查,结果有54.8% 的调查对象反对设立投诉程序,只有 19% 的调查对象赞成。主要的问题包括:如果只对协会成员实行,实际上是对其他成员的不公平;专业标准应该面对所有的新闻工作者;地方分会经常觉得无法驾驭调查行为;投诉程序可能导致诉讼,等等(Bukro,1985—1986)。

克里斯琴(Christians, 1985—1986)对于新闻界反对执行规范的现象进行了抨击,他认为这是对于"责任"的误解。确保责任的最有效的形式是法律的惩罚,其次是道德约束。专业的道德约束主要通过专业组织来进行,因为最有资格进行道德评价的是同行。新闻规范属于第二类,指责它违反宪法第一修正案、导致政府干预,是混淆了两者的界限。"一个共同体如果不能将特定行为指认为失职,它就不可能维持其功能运作。如果没有明确表达义务的规范,也不可能要求人们负责任。没有基于公认原则的公开程序,就没有仲裁者,也不可能要求人们负责任。"从一个专业来看,"否认规范的可执行性,等于是承认自己对本专业中其他人的行为没有任何责任"(18 页),而这不就意味着作为一个整体,这一专业是不负责任的吗?

三、媒介批评与新闻评议会

新闻评议会是一种新闻行业自律的监督与仲裁机构,其基本职能和主要任务是负责处理新闻业内部或新闻业与社会间的新闻纠纷(即因新闻传播行为所引发的矛盾纠纷)。世界上最早的新闻评议会组织出现于 20 世纪初,1910 年挪威成立的"报业仲裁委员会"和 1916 年瑞典成立的"新闻公正实践委员会"(Press Fair Practices Commission)被视为这一组织的滥觞。美国是较早提出建立新闻评议会组织,并明确使用"新闻评议会"这一概念的国家,但由于以《纽约时报》为首的报业组织的抵制,到 1967 年才有加利福尼亚、俄勒冈、华盛顿等 6 个地方性的新闻评议会组织成立。而全国性的新闻评议会组织(NNC)一直到 1973 年才建立起来,在勉强支撑了 11 年后,1984 年由于缺乏经济支持而寿终正寝。现在运作良好的只有个别地方性的评议会,如明尼苏达州的新闻评议会。

NNC 建立时,正逢尼克松当政,FCC 开始调查跨媒体所有制问题,也正值"水门"听证的关键阶段。正如 NNC 的首任主席艾萨克斯(Norman Isaacs)说,NNC 是在"批评的风暴"中诞生的。NNC 的创立受到了 20 世纪基金和马克基金(Markle Foundation)的赞助。NNC 的顾问(或评判委员会)包括法官、法学院院长、新闻学教授、报纸与杂志的编辑和发行人、电视制片人、前国会议员、企业主管、电视新闻制片人、宗教领袖和民权运动领导人等,这一人员构成反映了该组织体现职业、政治观点和地域的多样性的思想。

在 NNC 活动的 11 年中,共收到 242 个投诉,他们只受理了一半,而且最后进行听证的只有 64 个。应报纸发行人的要求,NNC 还发表了 45 个有关新闻自由的声明。NNC 接受的投诉中,有针对美联社、合众国际社、美国广播公司、哥伦比亚广播公司、新闻期刊、大都会报纸以及辛迪加专栏作家的。

11 年中,NNC 的行为得到了一些正面的评价。1975 年,美国报纸编辑协会在一份报告中称赞 NNC 的评判委员选择恰当,其动机是为了促进媒介实践。美国最高法院主法官(Chief Justice)伯格(Warren Burger)称赞 NNC 是一个独立、自愿的机构,关心媒介的公平问题,并为有关新闻媒介准确性的投诉提供了中立审查的途径。委员会的价值观和动机与新闻专业协会的规范也没有冲突(Logan,1985—1986)。

NNC 失败的直接原因是无法从新闻媒介募集 50 万美元的资金,以维持运作。相比之下,明尼苏达州新闻评议会(MNC)能够得以维持,首先就是它得到了当地两大媒介的支持(包括经济支持),以及报纸协会、期刊和大学教授的支持,有的媒介领导同时也在评议会任职。

新闻评议会受理公众的投诉,本来是希望缓和公众的情绪,帮助新闻媒介提高专业水准,但是,似乎两者都不买他的账。公众的批评认为,评议会由新闻从业人员把持,偏袒、纵容新闻媒介,其决定也不在媒介公开发表,缺乏公开性;媒介则批评评议会对媒介抱有偏见,存心羞辱新闻媒介。然而,根据 1989 年的资料,明尼苏达州新闻评议会在 42% 的案例中支持了媒介,38% 支持了投诉人,20%部分支持投诉人。

而且,在新闻从业人员看来,评议会的成员缺乏必要的知识和训练,即使有,他们也无权粗暴地干涉编辑权。人们对 NNC 的操作方式也提出了批评,认为它缺乏明确的目标、审议速度太慢、活动缺乏公开性、内部管理混乱,等等。但最主要的问题还是新闻媒介拒绝承认由一个组织来审查新闻编辑部的标准或实践的合法性。有人甚至认为其存在本身就有违伦理规范。对于新闻从业人员来说,以新闻自由的名义进行自愿的控制,这一观念无法接受。新闻的独立观压倒一切。比如,《纽约时报》发行人苏兹伯格(Sulzberger)说:"评议会将营造管制气氛,使得政府干预获得公众赞同。"《波士顿环球报》的编辑温希普(Tom Winship)则说,他们没权管我们的事情(参见 Lambeth,1992)。

由此可见,新闻评议会要实现其价值,必须从两个方面着手:一方面,要取得新闻媒介的支持,让新闻媒介理解评议会可能带来的帮助(如可以避免或减少法律诉讼);另一方面,新闻评议会自身也需要改革,树立起合法性与权威。诚如阿格兰德和布雷斯林(Ugland & Breslin,2000)所说,除非评议会在新闻从业人员和公众眼里具有道德权威,否则不能提高新闻从业人员的公共声望,其决议也不具备道德约束力;除非公众认可评议会的合法性,否则它们不具备道德权威。

可喜的是,在经历了长期的反对以后,现在美国新闻界对新闻评议会的态度有所转变。在马里兰大学的一次会议上,《纽约时报》和《费城问讯报》的退休编辑罗伯兹(Gene Roberts)在回答有关如何提高媒介的可信性时说,有两个步骤:一是增设新闻督察员;二是建立州立或地方性的新闻评议会(Gilson,1999)。而著名的"60 分钟"节目特派记者华莱士(Mike Wallace)在 1996 年为明尼苏达评议会制作了特别节目,以期重新唤起人们对新闻评议会的兴趣。

四、媒介批评与新闻督察员

新闻督察员出现于 20 世纪六七十年代,主要任务是处理读者来信。《路易斯维尔快递新闻报》(*Louisville Courier-Journal*)的督察员约翰·赫陈诺德(John Herchenroeder)被视为开路先锋。1973 年的一项调查显示,在被调查的 200 张报纸中,一半以上的报纸设有督察员,或其他类似的机构(参见 Brown, 1974)。但这一制度没有得到推广,到 2000 年,全美 1 489 份日报,只有 37 份加入了"新闻督察员组织"(Organization of News Ombudsmen)(Getlin, 2000)。该组织成立于 1980 年,总部设在萨克拉门托(美国加州首府)。他们用这个组织的首字母缩写"Oh, No"(哦,不)来自我称呼,恰好表现了新闻督察员对报纸所犯错误的典型反应——批评。

每个报社新闻调查员的工作方式都不一样。有的调查员仅被雇用一段时间,并以局外人的身份批评这张报纸,如《华盛顿邮报》即长期坚持这一传统。有的则作为读者代表而被长期雇用,扮演一般性的角色,在公众和新闻编辑部之间起仲裁的作用,如《迈阿密先驱报》(The Miami Herald)。有的调查员对编辑负责,有的对发行人负责;有的撰写专栏,公开读者的意见,而大多数则默默无闻地工作于幕后。

督察员制度滥觞于 20 世纪初的准确性办公室。《纽约世界报》在 1913 年成立了"准确与公正办公室",当时的主任怀特

(Isaac D. White)说:公正、真实、准确必须成为专业标准,否则,国会和州议会就会想法控制媒介。准确性办公室是约瑟夫·普利策的儿子拉尔夫(Ralph)的主意,并向全国的报纸发行人和编辑通报这一做法。准确性办公室一直持续到 1931 年《世界报》出售为止。期间诽谤诉讼标的达 120 万美元,而实际赔偿为 1/10。

协调媒介与读者的关系,减少针对媒介的诉讼,这也是二战后美国一些报纸设立督察员的主要目的。另外,支持督察员制度的人还认为,督察员可以集中读者的投诉,使其得到更有效的处理;报纸需要独立的局外人来充当公众的联络员,并督促新闻从业人员谨慎行事。

然而,督察员制度在美国并不普遍,美国弗吉尼亚《圣彼得斯堡时报》的前总编、坡恩特媒介研究所(Poynter Institute for Media Studies)的主席海曼(Robert J. Haiman)总结了人们反对督察员的六个理由:第一,新闻工作者所需要的是来自外部的、对立的、系统化的、深邃的批评,而非内部的批评。第二,督察员本应加强编辑与读者的联系,却反而成了两者之间的障碍。第三,从报纸管理角度来看,它模糊了权力的界限,使得记者质问:我是为谁工作? 读者问:到底谁说了算? 第四,好莱坞化。督察员本应提高读者对媒介的理解,但现在却演变成把记者置于演播室,成为媒介的明星,让新闻工作者忘记了自己的正确位置。第五,记者、编辑的错误最好是自己改正,督察员不是媒介避免错误的好办法。第六,督察员只是在错误发生之后才介入,属于亡羊补牢(参见 Lambeth,1992)。除此以外,还有人认为维持督察员工作的成本昂贵,还不如直接花在采编上;督察员就像橱窗里的摆设,好看而不中用,而且有损士气。

事实上,督察员的身份问题是这一争论的核心:他究竟应当是局外人还是局内人？一项调查显示,督察员大多为经验丰富的老新闻工作者,待遇优厚,约有 20 余年的编辑经验和 10 余年的采写经验,年龄在 55 岁左右。被调查对象中有三分之一的人表示将在 5 年内退休(Meyers, 2000)。这些人对于媒介工作了如指掌,批评起来可能更具说服力,但同时,他们又是现有价值的维护者,不可能成为《华盛顿邮报》的前任督察员伯德(Joanne Byrd)所说的超越而独立的"良心",也不可能很好地考虑读者的利益。这似乎成了"第二十二条军规":为了加强自律、重塑可信形象,督察员必须对实践有充分的了解,是真正的内行;但同时,为了保证批评的效率、维护读者权益,他又必须远离行业风气和价值。也就是说,他必须具有行家的理解力和旁观者的批判眼光。这样的要求是不是太高？

1989 年对 68 家没有设立督察员的大都会主要日报进行的调查显示,58%的编辑认为他们自己就能很好地代表报社与读者对话,而非督察员。但同时,52%的人承认督察员可以提高报纸的准确性,47.9%的人认为督察员可以提高报纸的可信性。

至于督察员制度的效果,20 世纪 80 年代的几项研究表明,督察员是一个很好的公关手段,但鲜有证据能够证明它对提高媒介责任感的作用。1991 年的研究显示,在督察员监督下的新闻工作者工作更加仔细。但 1993 年的研究认为,督察员的影响还远远不够,对于人们的道德决策影响甚微(Northington, 1993)。

五、媒介批评与专业批评期刊

专业期刊一直是媒介批评最活跃的阵地。早在 19 世纪末,新闻专业期刊就开始出现了,如 1884 年创刊的《新闻记者》(*Journalist*)周刊被认为是美国最早的专业期刊,1901 年创刊的《编辑与发行人》(*Editor & Publisher*)直到现在还发挥着媒介批评的作用。

在 20 世纪 60—70 年代,美国的社会发生了巨变,此时,专业批评性期刊大量涌现。比如著名的《哥伦比亚新闻学评论》(*Columbia Journalism Review*,*CJR*)即创刊于 1961 年。不过,当时许多地方新闻评论并非某一组织的子机构,它们往往起因于一些记者不满主流新闻媒介关于 60 年代末 70 年代初社会动乱的报道。像《芝加哥新闻评论》(*Chicago Journalism Review*,1968—1975),其宗旨就与 CJR 完全不同,它试图为不满其老板和媒介政策的新闻工作者提供一个媒介批评的平台。

但是由于许多新闻评论期刊迅速出现,迅速消亡,没法统计确切的数据。20 世纪 70 年代中期在其顶峰时期,CJR 说有 32 家,有的说是 28 家(1972 年),有的说 30 家。而 1977 年仍然继续存在的不到一打。研究者将新闻评论期刊消失的原因归结为三个问题:自愿的新闻工作者的热情的消失;雇主的反对;缺钱(Northington,1993)。

现存的较有影响的主要是全国性的期刊,除了 CJR 外,还有《美国新闻学评论》(*American Journalism Review*,由《华盛顿新闻学评论》改名而来)、《尼曼报告》(*Nieman Reports*),以及地方性的《圣路易斯新闻学评论》,等等。由于上述媒介批评机制(专业协会、新闻评议会和督察员)的缺陷,现存批评性期刊成为美国媒介批评的主战场,也是媒介批评研究者考察的重点。

考察的重点之一是,这些期刊里面批评性内容的比重究竟有多大。诺辛顿对 CJR 和《华盛顿新闻学评论》(WJR)1974、1982、

1990 和 1992 年的内容进行了分析,发现两者的非规范性内容分别为 1.4% 和 6.9%,解释性内容分别为 45.1% 和 61.3%,批评性内容为 43.7% 和 27.3%,改革性内容为 9.8% 和 4.5%(Northington, 1993),CJR 的批评性内容明显多于 WJR,但即使是 CJR 的批评与改革内容加起来也才刚刚过半,而 WJR 两项加起来不到1/3。邦顿(Bunton, 2000)有关《圣路易斯新闻学评论》(*St. Louis Journalism Review*)的内容分析则发现,该杂志中有关自律的文章比例不大,1988—1991 年的 38 期中,每期只有两篇不到的文章是属于自律性质的,而其中直接有关改革内容的只有 11 篇,占 1/5,另外 26 篇解释性的,18 篇批评性的。邦顿认为这与《圣路易斯新闻学评论》的编辑兼发行人克洛茨(Charles Klotzer)的观念有关,他似乎没有把新闻学评论看作是自律的形式,而是更宏伟的目标——通过媒介批评促进社会改革。

其次,是专业期刊阅读率及其影响。不同的调查报告了不同的结果。韦弗和威尔霍伊特(Weaver & Wilhoit, 1996)对全美新闻工作者的抽样调查显示,1982 年,时常阅读《编辑与发行人》杂志的有 60%,10 年后,下降到 40%;阅读 CJR 和 The Quill 的在1982 年约一半,而 1992 年只有 1/3 的人阅读 CJR,10% 的人阅读The Quill。1981—1982 年,阅读 AJR 的有 43%,1992 年为 22%。而梅尔(Maier, 2000)的抽样调查结果则大不一样,约有 80% 的新闻工作者说他们经常阅读一种或更多专业期刊,有的几乎每期必读。其中,中层编辑最多,约 89%,记者和其他编辑 72%。小报纸的编辑记者要比大报读的多,发行量 40 000 以下的报纸约有 86%的编辑记者经常阅读专业期刊,中等发行量的报纸则有 83% 的编辑记者经常阅读专业期刊,发行量超过 200 000 的只有 70% 的编辑记者经常阅读专业期刊。应当说,8 年的变化没有这么大,可能是调查方法的差别使然。不过,即使在梅尔的调查中,阅读率与道德敏感度之间虽有统计显著性,但也不太明显。

最后,也是最难以确认的,是新闻学评论对于新闻从业人员的影响。从抽样调查结果来看,专业自律手段,包括新闻学评论、媒介批评家或新闻督察员,对于新闻工作者的影响要小于日常新闻实践、法律规范和人际关系(见下表)。对 1992 年 CJR 和 WJR 批评的新闻工作者的深入访谈表明,81 人中只有 5 人(6%)承认被批评后有所改变,而且这 5 人也没有将新闻学评论的影响作用进行高估(Northington, 1993)。

表一:影响新闻从业人员专业理念的因素

影 响 因 素	平均分*
日常新闻实践	2.29
法律规范	2.21
同事	2.03
上司	1.73
亲朋好友	1.42
发行人、经理	1.30
新闻学评论	1.19
媒介批评家或专栏作家	0.94
新闻督察员	0.90

* 0 = 没有影响;1 = 少许影响;2 = 一定影响;3 = 很大影响

资料来源:Northington, Kristie Bunton (1993), *Media Criticism as Professional Self-regulation: a Study of U. S. Journalism Review*, Unpublished dissertation, Indiana University.

这一结果与其他研究成果相一致。早在 1955 年,布里德(Breed, 1995)就注意到许多媒介批评是针对发行人政策的偏见而来的,如对赫斯特的批评。通过对于政策维持机制的分析,布里德解释了为什么这些批评往往无果而终(至少在短期内如此)的原因,那就是"编辑部里的社会控制"。虽然新闻从业人员有自己的专业规范,但是,新闻组织通过社会化、编辑的修改、新来者读报学习、管理者的否决等方式,成功地实行了社会控制。因为"对新闻工作者的奖赏来自同事、上司,而非读者——他的顾客,所以,他与其坚持社会和专业理想,不如接受更实用的团体价值标准"(120页)。

　　从美国新闻界进行的制度化的媒介批评尝试中,我们看到了媒介的悖论与两难:只有自由的媒介才能更好地为社会服务,但是,当它毫无拘束时,又如何保证它为社会服务呢? 如何保证媒介是负责任的、能够不辜负第一修正案的保护? 其两难就在于采用一种什么样的方法,来进行"没有控制的管理"(control without controlling)(Brown, 1974)。

　　媒介批评曾被视为最佳管理方式,它既有利于改善媒介,又不至于威胁新闻自由。但是,在具体如何实施媒介批评方面,美国的新闻界显然未能达成一致。1989年,美国资深记者与新闻教育者克莱格霍恩(Reese Cleghorn)曾表示:媒介批评的机构正处于最低潮。1990年,一项对36位经常进行媒介报道和批评的人的访谈也显示,87.5%的人认为媒介在批评自身时表现拙劣,而96.9%的人认为,自我批评有助于提高新闻业的水准,应当加强(参见Lambeth, 1992)。

第五章 媒介批评:专业权威的建构策略

新闻媒介批评的历史与新闻媒介自身一样久远。可以说,有了新闻媒介,就有了新闻媒介批评。

而且,批评的话语也惊人地相似,相同的主题在批评的舞台上轮番上演。

从17世纪的英格兰开始,报纸的党派偏见、恶作剧和歪曲事实等,就是批评的目标。美国学者布朗(Brown,1974)曾把美国的新闻媒介批评概括为三个主题:第一是新闻的准确性,第二是媒介的丑闻、暴力、犯罪等内容,第三个主题则与广告有关。戈尔茨坦(Goldstein,1989)则将美国百年新闻媒介批评概括为五个方面:1)有关隐私的报道;2)新闻工作者及其偏见;3)媒介的权力与局限;4)提高记者素质;5)新闻工作者表现现实的技巧。不论是三个主题还是五个内容,新闻媒介批评的这些恒久话题本身即显示了这些话题的恒久性。当然,每一个时代都有具体的语境和特殊的批评内容,但批评的问题相同、批评的话语也类似。这些历经数百年批而不倒的媒介问题,构成了对媒介批评的反讽:媒介批评的力量何在? 价值何在?

因此,要考察美国的媒介批评,还必须超越具体的批评内容和主题,透视它与新闻业的关系。诚如布朗所言,"批评的一个功能即社会控制,其副产品则是社会合法化"(Brown, 1974)。本文将媒介批评视为一种叙事,更彰显了媒介批评作为社会控制与合法化手段的作用。从控制与反控制的角度来分析媒介批评,既有社会学的根源,也有语用学的意义。在此,新闻业对媒介批评的负面反映可以在"反控制"中得到解释,从而与一般理解大相径庭:媒介批评并不具备专业自律的合法性基础;而由新闻业操纵的一些媒介批评甚至可以解读为一种话语策略:专业权威的社会性建构策略——新闻业通过媒介批评来实现专业的权限设置和自我控制。

一、新闻业与专业权威

当我们把媒介批评作为研究对象时,批评的对象"媒介"不是以具体的媒介企业或个别的媒介现象进入我们的视野,而是作为社会学意义上的"专业"(profession)而被分析与研究。

西方专业社会学对于专业主义的研究大致可以分为结构功能主义和"权力"视角两个派别。在结构功能主义看来,新闻业并不完全具备研究者开列出来的专业清单,并非一个够格的专业,或者只能算是半专业(详细内容参见后文《专业主义:对抗商业主义》)。但是,从维护专业权限、建构专业权威的角度看,新闻业丝毫不亚于其他"标准的专业"(如法律、医药专业),只不过其维护与建构的方式不同罢了。

60年代开始的"权力"视角的专业主义研究,从过去侧重于探寻"这些专业在既已确立的社会秩序中扮演何种角色",转为追问

"这些专业是如何说服社会赋予其特权地位的"（Macdonald，1995）。60年代后的历史修正主义思潮促使人们开始质疑专业的经济自利和政治地位，并分析他们对穷人、工人阶级等的控制。70年代的研究进一步发现，过去认为具有利他主义和自我牺牲精神的职业，实际上拥有巨大的社会权力。拉森（Larson）用"专业工程"（professional project）来描述专业化的过程，在她看来，专业化就是把一系列稀缺资源——专门知识和技巧——转换成一定的社会和经济报偿的过程，而为保持稀缺性就必须保持市场的垄断和社会分层体系中的身份垄断。弗莱得森（Freidson，1994）称其为"组织化的自治"（organized autonomy）。这种自治有效地防止外人的干涉和监督，但对于内部成员则没有正式的控制，仅仅依靠对不服从者的非正式放逐。从"权力"视角来看，自我组织和自我管理关心的是专业的"权限"（jurisdiction，参见Macdonald，1995），并以此来应对与其他专业的冲突。

在有关新闻的专业主义讨论中，人们也看到了专业权力的影响。支持新闻专业主义的人看到了专业自治的益处，首先，它可以维护专业自治与权威，免受外界的干扰，如受众与其他机构，从而保护新闻自由。其次，它能够提升职业地位与声望，使新闻业成为服务公众、具有良好社会形象的职业，起码可以获得所谓的"集体心理满足感"（Dennis & Merrill，2002）。

但是，专业主义所谓的权力更存在于整个专业而非从业人员个人，因此，一些学者坚决反对新闻专业主义，认为它削弱了记者的自治权，因为个体必须服从于组织，从而失去个人自由。专业自治即自由决策，这是道德行为的前提，但是，专业主义并没有提供这种自由。而且，专业主义还威胁了多元主义和多样性，因为它要求从业人员必须服从统一的规范。例如,《时代》周刊的老板亨利·卢斯认为新闻事业不应当制定一个普遍的伦理标准,因为那有违美国新闻记者的基本信念——不加限制的个人主义。更有甚者,在一些学者看来,新闻专业主义客观上对媒介所有人有利,从而成为控制新闻从业人员的帮凶。例如,美国报纸发行人协会(NAPA)在20年代时,反对机械工和排字工组织工会,30年代发展到反对"新政"给予记者以组织工会的权力,但却迫不及待地承认记者的专业身份,因为这样可以免受工资和工作时间的限制,而报业公会(Newspaper Guild)则坚决反对视新闻从业人员为专业人员。1976年,美国劳资关系委员会(NLRB)甚至裁定,得克萨斯州圣·安东尼奥的《快递与新闻》(*Express and News*)的新闻工作者不是专业人员,因为记者不需要"高级的知识"。考尔(Kaul,1986)也认为,新闻专业化以及服务公众的性质,都是报纸所有人避免商业危机、阶级矛盾和公众觉醒的有力工具。新闻工作者在"提升"为专业人员的同时,沦为白领无产者。另外,从新闻业与社会的关系来看,批评者认为,专业主义使新闻业倾向于自我保护、自私,而这有悖于服务公众的精神(参见 Merrill,1986)。

归根结底,美国新闻界对于专业主义的态度实质上是"实用主义"的:作为一个专业整体,专业主义有益于自我保护,避免外界控制,尤其是政府的控制。当专业主义要求的自我控制对新闻从业人员的自由构成威胁时,便立即遭到反对。其他专业为获得专业自主而作为妥协的自律,在新闻业不受欢迎。当媒介批评十分激烈、外界干预的呼声增强时,媒介开始强化专业主义;一旦外界的危机解除,专业主义也就减弱了。正如坎贝尔所说,媒介有效自律的第一个条件是专业自身的动机,当威胁消失时,自律也难以维持,如全国新闻评议会(NNC)的诞生与消亡即是例证(Campbell, 1999)。因此,对于美国新闻业来说,围绕控制权的斗争与其说是争取专业的自治,毋宁说是争取媒介的独立(Birkhead, 1986),因为对于其他专业来说,自治意味着从业人员及其专业组织(跨企业的)所拥有的绝对权力。美国宪法第一修正案给予新闻业的保护,足以抵挡任何外界控制的企图。

二、媒介批评的合法性与新闻专业主义

在美国新闻专业主义的语境中,媒介批评的合法性是没有保障的。

在符号互动论者①看来,专业的特性、权力都不是一成不变的既定事实(那种看法是帕森斯的结构功能主义的遗产),重要的是这些专业人士每天都干些什么来维持其权力,即专业采取何种行为来实现自己的目标和现实的社会建构(Macdonald, 1995;Freidson, 1994)。拉尔森的"专业工程"继承了马克斯·韦伯的基本观点,即认为社会是阶级、身份团体和其他社会实体的角斗场,"专业工程"包含了协商与讨价还价(regulative bargain)的过程,而树立合法性则作为"文化工作"被视为专业的次级目标。

从前面的分析中,我们已经看到,在有关媒介批评的叙事中,媒介坚定地树立起"独立"的形象,把政府置于"剩余"地位,媒介

---

① 由布鲁默(Herbert Blumer)倡导的符号互动论,把社会秩序看作是协商达成的一致,但那是个人互动的结果,与集体主义无关(亚历山大,2000)。专业主义虽然可以从个人层面来分析,但更多的是从组织的角度来研究的。不过,毫无疑问,强调"行为"的新专业主义研究深刻地受到芝加哥学派和符号互动论的影响(Macdonald, 1995)。

与政府的二元对立再一次得到确认。保守主义的批评认为媒介中个人的政治偏见导致了新闻的不客观,但与此同时,这一批评承认了媒介的自由和新闻从业人员的权力。与之相反,左派的批评集中于政府和企业对于媒介的操纵,否认了媒介自身的自由。因此,媒介对于右派的批评较多回应,因为这样可以强化他们自己的权力。麦克切斯尼(McChesney)甚至认为,如果没有右派的批评,媒介也会制造出来(Shoemaker & Reese,1996)。

在极端的叙事中,作为媒介服务对象的公众也被放置于权力的边缘。比如,《巴尔的摩太阳报》的丹尼斯顿(Denniston)即表示,"我并非服务于公共机构。我没有必要载上所有想搭我车的人。我的工作就是收集和贩卖思想,如果谁要买它,很好,但别告诉我你有权知道。"(Goodwin,1993,p.10)。这一看似违背专业服务理念的叙事,不仅没有消解专业的社会声望,反而因为凸显了专业的超然地位而树立了自身的社会权威。

从某种意义上说,拒绝媒介批评本身即是一种姿态,它以否定的方式再现了媒介的独立性。即使是作为专业自律的方式,媒介批评在新闻专业内部也难以获得合法化的基础。这导致了媒介批评的悖论:为了避免正式的政府权力的干预,媒介批评必须承担起自律的责任,用新闻伦理学家兰贝斯(Lambeth,1991)的话来说,媒介批评的目的就是要提供相当于执照的责任机制;但同时,媒介独立与新闻自由的要求又使得媒介对于任何批评都高度敏感,使外界乃至部分内部的批评变为自我独白。

专业权威的协商与建构,还需要话语的媒介。弗莱得森(Freidson,1994)认为,有三个因素对于理解专业主义至关重要:专业所拥有的知识和技巧、公众、把专业理念和信息传递给公众的机构(如大众传媒)。当其他专业还在为获得公开渠道、传播专业理念而与媒介协商、对话时,新闻媒介已大权在握:通过对媒介自身的讨论、批评,巧妙地把专业理念(包括独立、客观和善于自我批评等形象)传递给公众。这也说明了鲁尔(Lule, 1992)在其他学者盛赞面对消费者的媒介自我批评时,为何持怀疑态度:作为审视对象的机构所撰写、赞助、支持并发表的批评,也许根本就不是批评。由大众传媒发表的自我批评,不具备批评所要求的反思性,恰恰相反,利用大众传媒的公开性,这种批评捍卫了既有规范和专业权威。

三、媒介自我批评:一种象征性仪式

媒介自我批评的象征作用在《费城问讯报》有关避孕药评论风波中的表现得到了突出显示。美国新闻学者鲁尔(Lule, 1992)解剖了这个"由新闻界在新闻媒介上发表的新闻媒介批评"的经典案例。这一事件的研究价值在于:一方面它违背了"常规"——新闻界很少批评自己的常规,因而十分罕见[①];另一方面,它也暴露了这种媒介的自我批评的局限性。

1990年11月11日,具有全国影响的《费城问讯报》在头版刊登了一则报道,称一种革命性的避孕药获得食品和医药局的销售许可。第二天,该报的第二条社论:《穷人与避孕药——避孕药能够减少下层阶级吗?》,讨论是否应当给贫穷的、黑人妇女使用一

---

① 卡瑞曾以《纽约时报》为例,说明媒介作为批评的缺失。《纽约时报》上有针对社会各行各业的批评,如艺术、建筑、文学、教育、政治、商业、宗教、财经、电影等,但"独独就缺失一种团体的分析和批评,就是报业自身"(1994:405)。

种新的植入式避孕药,把药丸植入手臂5年,据说有效率可达99%。社论发表的第二天,即引起了强烈的反响,报社的记者发表了致编辑的公开信,质疑编辑及其社论的品质以及社论写作的程序,并称编辑为种族主义者,说他们支持纳粹的优生学。随后,其他的报纸、杂志、新闻学评论等也卷入讨论之中。该报的编辑记者则在电视上频频亮相。甚至有人在报社门口示威,《问讯报》自己对此也进行了报道。两周后,在评论版,社论委员会负责人发表了署名文章,公开道歉,并解释了社论写作的过程。

鲁尔分析,对这一事件的批评主要集中在三个主题:报社的官僚体制、报社的种族主义以及社论的写作过程。它反映了社论委员会与记者的矛盾、与市民的矛盾。然而,他不认为这是新闻从业人员的一种具有自我意识的反思,恰恰相反,有关《问讯报》的批评显示了媒介上的新闻媒介批评所具有的策略性反思和象征性作用。这一案例让我们得以了解新闻业对媒介批评的操纵与控制,通过有计划的(如督察员)或无计划的(如本案例中的自我批评)形式,媒介批评展现、维护、修复了规范。

根据鲁尔的理想,全面的批评应当针对结构、过程、习惯和话语,考察视为当然的政策和实践,调查媒介与权力的关系。《问讯报》的媒介自我批评并没有涉及报纸的冲突机制问题:评论部门与新闻部门的分隔;也没有涉及少数民族在媒介的权力与地位问题。其他媒介在评判《问讯报》时同样忽略了系统或结构的问题。这一案例表明,新闻工作者缺乏针对其专业的批判性眼光。的确,他们拥有专业知识,但这些知识已在长期的实践中,出售给了传统与习惯。要求新闻工作者批评甚至抵制他们赖以为生的基本前提和实践常规,十分困难,而且也许也不公平。要求媒介批评自己,只是一个乌托邦。那么,为什么新闻的当权者会同意并鼓励这样的批评呢?原因即在于,它制造了这样一种幻觉:媒介愿意也能够自我批评,从而排斥、抵消更深入的批评与研究。通过集中于个别错误和具体缺点,媒介批评排斥了更宽泛的、结构性的批评。

从专业主义来看,这一案例也提供了一个范例:媒介通过对自身或同行的象征性批评,来设置专业的权限,建构自己的权威,从而实现自我控制:这是我们的家事,你看我们处理得多好,就不用您费心啦!这种建构与其说是物质性的,不如说是象征性的;与其说是直接的,不如说是间接的;与其说是消极的,不如说是积极的。

四、媒介批评与专业身份建构

专业权威的积极构建,还体现在媒介话语中有关媒介社会角色的批评与反批评上。在媒介批评中,新闻从业人员和批评者共同构建了媒介的社会角色,从而建立起专业的身份认同。

比如,新闻从业人员经常声称自己是公众的代表,但在使用这一形象时,其具体含义又因情境的差异而有所不同。克莱曼(Clayman, 2002)在分析近年来新闻记者采访时越来越多地使用挑衅性提问时指出,为了应对被采访者的批评,记者祭起公众的大旗,把自己描绘成公众的代表,迫使采访对象默许(或表面上默许)这种刨根问底的、敌对式的提问方式;而在新闻"后台",当他们面临受众的批评时,他们又以专家自居,认为新闻媒介应当提供公众所需要的内容,即使这种内容可能暂时与多变的舆论不一致。

同一种专业行为,面对不同的批评者,新闻从业人员虽然都同样征用了"公众"的修辞,但出发点却完全不同。因此,克莱曼认为,公众不仅是新闻工作者追求的规范性理想,而且是合法化的策略性资源。正如海林(Hallin, 1994)所说,媒介必须关心其自身合法性问题。他们必须保持与受众关系的完整性、自身形象和社会关系的完整性——这是新闻业作为专业的构成要素。而且,维护合法性是一个持续不断的过程,因为媒介不仅面临来自报道对象的批评,而且还有公众的批评。尤其是挑衅性的新闻工作者,常常被视为超越了专业精神的边界——不客观。在这一情境下,新闻工作者必须以"公众"来合理化其行为。也正是从策略性的角度出发,克莱曼指出,当新闻工作者调用服务公众的理想时,并非简单地贯彻事先拟定的条文(如专业组织或新闻媒介订立的行为规范),采访者也并不经常以公众的代表者来开始提问,只有在刨根问底、敌对式的采访环境中才需要。因此,这种实践,并非简单的专业精神的表现,而是一种自我表现的方式,以获得在特定的敏感场合所需要的保护性的专业姿态。

新闻从业人员在将挑衅性提问合法化时所显现的矛盾,实质上体现了有关媒介形象(社会角色)的相关矛盾。在美国新闻界,批评者和被批评者对新闻媒介的角色期待被一系列二元对立所主宰:客观与鼓吹、管道与独立(伟弗,1994),守门者与倡导者(詹诺维茨,1994),中立与参与(詹士栋、史洛斯基与包曼,1994)。虽然这些表述各异,但其实质却高度一致。通常,客观、管道、守门、中立被视为新闻专业精神的核心,而鼓吹、独立、倡导、参与则被视为对专业主义的挑战。

然而,这种两分法在实践中是没有意义的,正如舒德森(Schudson, 1995)所说,没有人如此抽象地看待自己的工作。有关的调查也显示,美国的新闻从业人员大多同时拥有多种媒介观。

如韦弗和威尔霍伊特把专业角色分为三种:敌对、解释和传播。结果发现,约有三分之一的从业人员同时持解释和传播观,坚持一种观点的只占2%,比1971年18%下降了许多(Weaver & Wilhoit,1996)。

新闻话语的分析也表明,新闻从业人员往往同时以理论上矛盾的角色自居。贝姆(Baym,2000)通过对电视新闻话语中"我们"的分析,来考察新闻工作者是如何树立讲述道德故事的权威的。他发现,作为叙事者的记者以两种方式使用"我们":"机构性的我们"(institutional we,指专业人员)和"代表性的我们"(representative we,指共同体代表),从而实现叙事者有关自己身份的话语建构。在作为"机构性的我们"叙事时,叙事者自视为调查者和侦探,把自己置于高于公众的位置上。而在作为"代表性的我们"叙事中,记者代表共同体中的普通人——新闻中见不到的普通人。"机构性的我们"声称等级的权威;"代表性的我们"要求社区的权威,强调关系的权威。因此,这一看似矛盾的身份建构,实质上是一种话语策略,建构了从业人员的话语权威。

总而言之,媒介批评对于新闻专业的各种理念都有意见,不满来自于各个社会层面、部分。而面对媒介批评,新闻媒介策略性地使用了有关专业身份的话语,建构起自身的权威。在解构与建构的张力下,媒介批评常常身不由己,实现了意想不到的功能。

从自律手段的贫乏来判断,美国新闻业的专业化程度、自我控制的能力显然远低于社会其他专业,即使像媒介批评这样的"软自律",也受到了新闻业的排斥;但从专业权限的设置与维护来看,美国新闻业又具有绝对的权威,它成功地将否定的批评转化成肯定的象征,树立了媒介独立自主的形象。专业乏权是专业有权的镜像(Freidson, 1994),哪一个图像更真实? 也许没有确切而统一的答案,就像面对半杯水时,有人说杯子半满,有人说杯子半空一样。事实上,专业权威本身就是变动不居的,它是专业在与社会其他部分的协商中树立的临时边界,这一界线在斗争中保持动态的平衡。

美国的"新闻专业主义"具有特定的历史与现实语境,其中包括在市场经济环境中独立、自主的新闻媒介,自由民主的政治体制和服务行业的专业化;同时,它也反映了商业媒体赢利和服务公众利益这两个动因之间的矛盾和张力(陆晔、潘忠党,2002)。通过专业主义话语透视出的媒介批评,不可避免地陷入这一矛盾之中,其形式与内容也在其张力影响下,呈现上述矛盾的性质与特点。而且,作为叙事的媒介批评本身也是专业主义话语的形式之一,它有自我保护的一面,也有封闭的一面。这种"社会性的封闭"(social closure),对于美国新闻业来说,其弊端已越来越明显,社会对其日益膨胀的权力越来越反感。所谓物极必反,媒介的这种傲慢与偏见所导致的公信力下降,专业权威与声望的降低,进一步刺激了媒介批评的繁荣,而新闻业也不得不重新审视自己对待批评的态度。一个值得注意的现象是,当越来越多的新闻从业人员忽视批评性内容时,越来越多的媒介进入到媒介批评的行列,包括《纽约时报》、ABC 的 Nightline, McNeil-Lehrer, CNN Reliable Sources, C-SPAN 有线电视网等(Weaver & Wilhoit, 1996),这些批评中不少内容已不再单纯地作为一种象征而存在。

本节从专业主义视角解读媒介批评,掀开了笼罩其上的理想主义面纱,还原其专业权威建构的实质。但同时,专业主义也把我们的眼光局限在新闻业自身,忽略了媒介批评的多样性与丰富性,因此,这一解读又是不全面的,至少,它遮蔽了媒介批评的开放性与对话性,而这正是接下来将继续探讨的主题。

第六章 媒介批评:专业叙事的组织模式

在新闻专业主义语境下,媒介批评以悖论的形式加入了专业权威的建构过程:一方面,媒介通过抵制新闻媒介批评树立独立的社会形象,确立了专业的权限;另一方面,媒介又通过象征性的批评展示了自己"愿意且能够自我批评"的形象,重申了专业规范,抵消了外界进一步批评的可能性,从而成功地树立了专业权威。

然而,媒介批评的功能不仅于此。作为一种专业主义话语,媒介批评的上述作用主要体现在专业与社会其他部分的关系上,是立足专业、面向社会的一种分析视角。但是,专业主义也有其难以规避的局限性,它反映的是新闻业自身的观点。不可否认,新闻工作者常常误解自己,经常用个性和组织来解释自己的行为,看不到文化传统对自己的影响(Schudson, 1995)。另外,从专业主义的立场来评估新闻工作,还忽略了新闻实践的诸多方面,比如叙事与讲故事的实践(Zelizer, 1993b)。要正确理解新闻业,还必须分析"对于新闻工作者来说,权威与权力如何以知识的集体编码形式发生作用"(Zelizer, 1993a)。为此,泽利泽(B. Zelizer)认为有必要从表演(performance)、叙事(narrative)、仪式(ritual)和解释性社区(interpretive community)等范式来理解新闻业。当我们从专业权威建构角度解读媒介批评时,批评已被视为一种叙事,而权威建构也是象征性的而非物质性的。但我们还需进一步考察在专业内部,这种"知识的集体编码"是如何实现的,以及它所承担的社会功能。这种分析将不再仅持专业主义立场,而更具解释主义色彩。

从专业主义的视角来看,新闻从业人员通过新闻工作的生产而创造专业意识形态倾向,以此来维持共同边界。因此,新闻从业人员的共识是建立在共同的工作原则框架之上的。但这还不够,作为一个集体的存在,新闻业的内在合法性还必须象征性地展示出来,而集体叙事,包括媒介批评,则责无旁贷地担负起如杜克海姆所谓的横向团结和群体认同的功能。在此,我们将运用组织传播理论和叙事理论来探讨媒介批评在专业社区内的整合作用。

一、新闻业:媒介批评中浮现的社会组织

一些学者(如泽利泽)反对用专业主义来解释新闻实践。的确,新闻界不同于功能主义者眼中的组织,它没有围墙和科层体系;也不同于社会学中的专业,因为按照严格的专业条件来考察,新闻业的非专业特征无论如何不能忽略不计。但是,不高的专业化程度并不意味着新闻业没有强大的跨企业的同行联合体,只不过这种联合是象征性的——新闻业中形形色色的专业协会由于不具备专业主义所要求的控制功能,在同行联合体中所体现的作用是有限的。它实质上是在叙事中浮现的一种组织形式。

泽利泽(Zelizer, 1993b)把新闻业视作一种解释性社区(inter-pretive communities),即通过共享对现实的某种解释而组织起来的一群人。新闻从业人员通过共享话语体系和对代表性事件的集体

阐释而形成解释性社区。他们生产的这些共享话语就是他们如何看待自己的一个标志。

解释主义的组织传播理论对于解释性社区的形成过程及其作用有着更深入细致的分析。对于解释主义组织传播学者来说,组织是集体行为(以解释为基础的)的产物,而非原因。与功能主义者视组织为静止不变的客观存在不同,解释主义者视组织为"现实的社会性建构"(social construction of reality)'(Putnam, 1983),它不是一个机器系统或生命体,而是一种文化现象,是其成员通过语言、符号和行为社会性地建构起来的。理解组织的关键是理解行为者自己如何看待其所在的集体。

解释主义组织传播学者强调传播在赋予意义和社会建构中的作用。意义并不存在于讯息及其渠道中,而是随着个体的互动过程以及个体对会话的理解方式而发展、变化的。传播即赋予意义的过程。人们通过互动来演示规范,并在具体语境中加以阐释。因此,对于解释主义者来说,传播不是组织的渠道,而是组织本身。组织过程就是传播过程(Putnam, 1983)。

解释主义组织观打破了一些传统上视为理所当然的前提和假设,不再视组织为理所当然的存在,具有开拓性意义。但上述观点由于强调个人主义和相对主义,与本土方法论(ethnomethodology)一样,使集体主义成为一个剩余范畴(亚历山大,2000)。而且对于组织传播学来说,其致命问题在于,强调"传播"观点又使"组织"成为一个问题:共享意义为何以及如何存在? 传播(交流、互动)是本土化的(localized),通过本土化的互动,人们如何实现全局化(globalized)——形成组织?

为解决这一矛盾,泰勒和凡·埃夫里(Taylor & Van Every,

2000)重新审视了组织与传播的关系。正如其书名(*The Emergent Organization*: *Communication as Its Site and Surface*)所显示的,他们认为组织的浮现是以传播为场所(site)和表层(surface)的。他们将传播分解为两个方面:对话和文本。一方面,通过组织内的人际互动(包括对话),产生了一个(本土化的)情境;另一方面,一个话语实体在对话中诞生、赋形(talking into being)。因此,人们创造了两种形式的组织:现实世界和解释世界。在现实世界中,人们面对面地、集体地解决实践问题,即在这一场所中组织起来;而组织的文本则将其过去与未来相连接,为便于理解而充当组织的表层——成为组织成员阅读的内容。在此,文本成了维系组织存在的凝聚物。

在泰勒和凡·埃夫里的框架中,叙事在组织浮现过程中的作用也"浮现"出来了。叙事是讲故事,但不仅仅是讲故事。叙事是对话的结果,是集体协商的对世界的解释。而且,它也是组织成员用以指导理解世界的"原本"(script)。正是在这一意义上,叙事被看作文本的形式——文本的叙事性特征使得它成为组织的表层,供组织成员阅读、理解。

在泽利泽看来,非正式谈话、专业或行业评论、传记和回忆录、访谈和媒体回顾展等都是形成解释性社区的话语渠道。不过,从组织浮现的要求来看,这些话语形式并非辅助性的渠道,而是组织得以浮现的表层,而且,也不是所有的话语都能构成传播表层,只有具有叙事特征的文本才具有组织的作用。

从叙事的属性(工具性和二元对立)来看,只有关于规范和违规才构成"有意义"的叙事,即使是表扬也由于违规的存在而获得重申规范的价值,无论是批评还是表扬,群体通过叙事的示范作用实现传播的组织功能。格雷默斯(Greimas)更明确提出叙事的经济学结构概念(economic organization of narrative),认为叙事包括两部分:违规与修复。组织的主要行为就是纠正偏离原本的行为。对于新闻业来说,最"有意义"的叙事也必须围绕违规与修复来展开,而这一功能则主要通过媒介批评来完成。对违规行为的批评,首先促使新闻从业人员关注这些事件,这一过程相当于韦克(Weick, 1979)的组织过程中的"框定";在批评的过程中,比照规范来说明所框定事件的错误所在,从而彰显规范,或者修复规范,这相当于组织过程中的"选择";而通过批评所彰显、修复的规范能够以叙事文本的形式加以保留,从而形成集体记忆,并为下一次批评提供规范性原本和框架。而新闻业作为一种组织形式,也在批评叙事中浮现出来,成为新闻工作者阅读自身的有效文本或泽利泽所说的标志。

叙事的社会性进一步为媒介批评提供了合法性基础。在规范讲述、讨论、协商和辩论的过程中,叙事文本得以赋形;而这一过程本身又构成了组织浮现的场所——现实的专业世界。在这一世界,新闻工作者面对具体的矛盾、解决现实的问题。与此同时,聆听、解释、讲述,这些叙事活动将所有成员连同叙事文本一起囊括到组织当中,将具有不同目的与动机的成员统一到一致的组织价值与目标中去,从而"黑箱化"①为一个宏观行为者。当然,这种统

---

① "黑箱化"(blackboxing)是法国著名的社会学家和哲学家拉图尔(B. Latour)在分析社会宏观行为者(组织)形成过程时使用的一个概念。所谓黑箱,即当其运作良好时,人们视为当然、从不质疑的东西。而黑箱化即将行为者与非人类行为者的联合生产活动遮蔽起来的过程。通过黑箱化,人们将人与非人类行为者的关系固定,并在一个网络中加以定位。一个组织所能囊括的因素越多,它就越有权力。通过黑箱化,不同因素的不同愿望,都"转换"(translate)成一个愿望,从而使得这一宏观行为者能够像单个人那样行动(Latour, 1994; Callon and Latour, 1981)。

一永远是临时性的，被转换的微观行为者的意志和目标随时可能被背叛，而这又是批评得以卷土重来的原因：新的违规需要框定，传统规范需要修复、重申，组织（或专业、社区）边界需要再次廓清。

二、媒介批评与客观性规范

对于美国的新闻业来说，最核心的价值规范也许当数客观性原则。无论是批评者还是捍卫者，都将客观性视为"美国新闻界的象征"，20世纪"美国新闻的精神"（Schudson，1993）。

一般认为，市场和技术因素是客观性原则产生的两个原因。便士报的赢利追求使得报纸开始摈弃党派观点，客观性法则是其争夺持有不同政见的大量受众的法宝；通讯社的产生进一步强化了这种趋势，因为其订户本身即是观点各异的新闻媒介。另外，电报产生初期的昂贵价格和不稳定性使得记者力求简洁，这样势必保留事实骨架而去除观点议论（埃默里等，2001）。

但是，对于舒德森来说，问题不仅于此。如果技术使客观成为可能、经济使其成为最佳选择，那么是什么目的使人们将其规范化？作为一种规定性条例而非普遍性行为的规范，其最大特征是自觉的表述。是什么使得人们或机构清醒地认识到这种行为模式并在道德规范中加以明确表述？有人认为，一种社会行为的普遍流行，会自然而然地导致禁止这一行为的规范。在舒德森看来，这种看法忽略了一个必要的步骤：是什么使得人们宣称这一规范？规范是社会行为的道德准则，是义务而非规则。流行并不导致规范，比如很多人爱吃冰淇淋，但不爱吃并没有触犯道德规范

(Schudson,2001)。

舒德森认为,经济和技术的解释,对于美国的客观性规范来说,理由并不充分。技术简约论只解释了一种新的社会实践,而非道德规范。事实上,19世纪末20世纪初,党派性报道仍然很流行,如美西战争报道。另外,传统认为,商业报纸为了增加赢利而采用了客观报道。但事实上,政治运动及其报纸的热情参与,是提高报纸发行量的有效手段。如普利策的《世界报》和赫斯特的《新闻报》,为了争夺受众,掀起美国新闻史上著名的"黄色新闻"高潮,其中普利策的激进主义思想和赫斯特对美西战争的热情,都成为赢利的策略。

舒德森指出,促成规范的公开表述有四个因素,两个与杜克海姆的横向团结或团体认同有关,另两个与韦伯的纵向的社会控制有关。杜克海姆的第一个条件是团结仪式(ritual solidarity),比如在年会、表彰会、新成员加入、退休、葬礼等仪式上,经常会公开表述作为道德规范的团体的生活方式。第二个条件强调对外的功能,即在文化联结和冲突中的团体身份认同,在这里,"我们所做的"实际上是"我们应当做的"。韦伯的第一个条件是,通过制定规范和施加道德力量来完成社区的代际传承。第二个条件是在复杂的组织中实现上级对下级的控制。这些条件促成了规范的修辞形式。杜克海姆的对内团结和对外身份认同密切关联,是一块硬币的两面,即维持社会凝聚。同时,社会凝聚与社会控制也有关系,比如团体的象征性仪式同时也具有社会记忆的功能。

通过史实的分析,舒德森认为,专业上对事实与意见分开的敏感,首先是在1870年至一战期间,随着作为雇员的记者的身份和独立性的提高而提高。而直到20世纪20年代,新闻工作者成为一个职业团体，更强调对其受众以及作为职业社区的自身负责，而非对发行人及其党派倾向负责时，公平分析才有了保护伞。这时，记者开始越来越多地公开表述新闻规律——客观性法则。其二，一战以后专业领域内关于客观性有过激烈讨论。有了这些发展，才有了客观性制度化的社会、组织和知识基础。由此可见，新闻专业团体作为一种组织，除了社会基础以外，还需要象征资源——知识基础。这些知识基础——规律、规范——并非给定的，而是在批评与协商基础上社会性地建构的。在对这些规范的公开批评与讨论过程中，专业组织（或解释性社区）开始浮现：本土化的讨论是组织浮现的场所，而讨论文本则是组织浮现的表层。

从组织叙事的属性来看，如果公开讲述的规范有利于纠正违规行为、加强社会凝聚和控制，则具有重要意义。在20世纪初，面对公关行业的兴起，以及战争宣传和政治宣传的泛滥，记者清醒地意识到在宣传时代信息被利用的可能性，为确保专业权威，他们迫切地需要跟公关和宣传专家区别开来，因此客观性成了他们的武器。另外，随着独立的阐释性社区逐步形成，新闻工作者开始为同行而非党派写作，将自己与新闻广告员区分开来，也是身份认同要求：在社区内部树立一套伦理观念，并将其传承给下一代。与美国新闻界以客观性为专业意识形态的情形不同，其他西方国家，如欧洲的大多数国家，并没有如此强烈的客观性规范表述和批评。舒德森认为，这是因为欧洲的公关业发展没有美国那么迅速、强大；欧洲的记者也没有二等公民的感觉，不需要强调身份认同和提升自己的形象。也就是说，在欧洲，客观性规范的叙事价值没有美国那么明显、突出。

李普曼曾经这样描述其新闻专业主义理性："记者也许是世

界上最具多样化的统一体,不是目标的统一,而是手段的统一,一个经过训练的专家统一体",为了提升专业水准而进行的专业训练中,"客观见证的理想是至关重要的"(Lippmann,1920:67,82)。这种手段而非目标的一致,正是韦克(Weick,1979)的组织过程理论的一个重要观点:人们组织在一起,最初并不需要一致的目标——一致的目标是通过组织成员社会性的建构而获得的,是一致的工作方式将人们聚集在一起,然后再构建一致的目标。当客观性规范在新闻业中逐步确立以后,即成为新闻专业的基本价值规范,甚至意识形态。

不过,组织的一致目标与价值并非一次性形成的,它总是面临不断的挑战、协商,新闻的基本规范亦然。因此,除了正面陈述规范以外,这种一致性建构更多的是通过对"他者"的批评来实现的。比如,在美国新闻界被视为异端的"小报"(tabloid),时时威胁着美国新闻界的主流价值观。因此,长期以来,小报遭到了人们的口诛笔伐,被认为是"新闻界的耻辱"、"品位低下"。但问题是,小报是否真的与日报截然不同? 如果不是,为什么会遭到新闻社区的如此憎恶与咒骂? 伯德(Bird,1990)认为,事实上,两者之间并没有明确的界限。小报提供娱乐的同时也提供信息,而日报提供信息,但为了生存也要娱乐。而且,小报同样采用客观报道的手法,也有固定的新闻来源,不过其新闻来源的可靠性更多的是从受众的现实观出发,如超自然现象,许多受众就认为是真实的。在伯德看来,新闻工作者不愿承认小报与他们的相似性,或微弱的差别,而要把小报视为魔鬼,以告诉其同行:他们的事业多么不同、多么崇高。在此,主流媒介通过对小报的批评,重申了组织的团结和身份认同。虽然从实践与学理来看,客观性规范是多么脆弱而不堪一击,但其叙事价值保证了它的合法性。

三、媒介批评与"热点时刻"

新闻的核心价值——客观、真实——是在新闻从业人员对具体事件的批评中展现、维护和修补的。范式往往通过实例起作用,而非明示(Reese, 1990)。

具有叙事价值的事件往往是"突如其来的事件"(precipitating event),即由于该事件造成"社会秩序的破坏",令人无所适从,需要通过叙事加以修补。这些"突如其来的事件"可以是诸如菜单错误之类的小事,也可以是火山、洪水暴发之类具有实质性破坏的大事(参见 Taylor & Van Every, 2000)。然而,对于组织来说,列维-斯特劳斯的"热点时刻"(hot moment)更具叙事价值。所谓热点时刻,即一个社会或文化评估其自身意义的现象或事件(参见 Zelizer, 1993b)。这些事件不一定客观,它们是在话语中赋予其意义的个人或团体的透射。有关热点事件的叙事为新闻工作者社区提供了一种关注矛盾问题的方式,同时,在需要再协商的、规范行为边界的断裂带周围,至少部分地形成了专业自觉。在尚未解决的日常工作矛盾领域,话语就会增生。因此,热点时刻必然是"突如其来的事件",它关涉违反常规、需要修补的行为。

热点时刻可以是现实当下的,也可以是历史的,泽利泽(Zelizer, 1993b)称其为"阐释的本土模式"(local mode of interpretation)和"阐释的持续模式"(durational mode of interpretation)。本土模式对于新闻工作者来说十分重要,它提供了支持专业意识形态的话语标志。就像新闻工作者的"目击"理念一样,"在场"是扩大权威性的一种方法。新闻从业人员积极参与事件的批评、讨论，通过对于"好"的行为的大肆宣扬和模仿、对于"坏"的行为的"划清界限"，解释性社区的团结得以实现。对于历史事件，为了弥补不在场的缺陷，从业人员通过复述、重估来建构解释性社区，此即阐释的持续模式。通过评估多年以前发生的事件，新闻工作者把关键事件置于更广阔的时间序列中。通过让一些关键事件代表更大的新闻困境或实践问题，记者创造自己的历史。比如越战报道成了战争报道的代表，关于肯尼迪遇刺的报道成了电视直播问题的典型。对于同一事件，不同的媒体有不同的解读。这样，随着阐释的展开，它成了更大网络中的力量、利益和能力的索引。

本土批评

一些事件由于"破坏性"太大，威胁了规范乃至整个社区或组织，新闻界对此往往反应迅速，积极地声讨越轨行为、修补规范，并借此显示自己的"正确"立场。同时，批评叙事也重申、维护了社区疆界，具有组织功能。比如，《华盛顿邮报》的詹尼特·库克丑闻和《华尔街日报》的麦克道戈尔风波，就是两个热点时刻。

1981 年，有着 69 年历史的普利策新闻奖第一次收回了其奖励，因为詹尼特·库克(Janet Cooke)编造了一个 8 岁的海洛因使用者的故事《吉米的世界》(*Jimmy's world*)。1980 年 9 月 28 日，《华盛顿邮报》在头版刊登了库克的故事——一篇典型的人情味报道。故事的高潮是吉米被他母亲的男友注射了一针海洛因。随后的一周，人们就报纸与市政府的权威之间的矛盾展开了争论。人们不是把此事当作毒品问题的象征来看待，而是认为真有其事；而市政府则将其解读为对其政策的攻击。报社援用宪法第一修正案来维护自己的合法性,并拒绝提供消息来源。邮报的律师、专栏作家、社论作者也辩称,报纸不仅有权利而且有义务报道这样的故事;吉米不是库克的创造,而是无能的政府和无情的公众的产物。1981年4月14日,邮报在头版公布了库克获得普利策特别报道奖的消息。两天后,又公布了造假被发现的事实和撤销得奖的消息。编辑布拉德利(Benjamin Bradlee)向市长道歉,一个社论编辑向其读者道歉。4月19日,邮报用2个半版的篇幅刊登了督察员格林(Bill Green)的文章,分析了雇用库克的经过、库克在报社的地位、报道想法的提出、写作和编辑的过程,以及报道发表后提名普利策奖的过程和导致库克承认编造的事件。其实,在邮报承认之前的两天,《华尔街日报》即公布了这一丑闻。该报的责难导致了有关以下关系的激烈争论:种族和性别上的少数与占多数的白人、编辑与记者、个体目标与组织责任。

　　詹尼特·库克和吉米的功能在于集中了"他者"的特征,勾勒了新闻工作者所允许的行为边界。在新闻业内,对此事的评论体现了高度的统一。新闻工作者普遍认为库克辜负了公众的信任,损害了媒介的权威性。这种认同高筑起围墙,将信奉者纳入边界之内,并通过批评库克而获得一致性。不过,这种一致性只是抽象的。事实上,当时的主导声音已经意识到了规范的危机,即事实与虚构的边界的模糊(Eason, 1986),而捍卫这一边界即捍卫新闻传统——维护新闻的客观与真实。然而,这一违规太极端以至于很少有人思考事实与虚构的界限,批评成为维护规范的工具。

　　与库克丑闻相比,麦克道戈尔风波的模糊性更大,对规范的威胁也就更大,对于这一事件的批评与讨论更具有范式修补(Reese, 1990)的性质。麦克道戈尔于1961—1972年间供职《华尔街日报》,1977—1987 年任职于《洛杉矶时报》,在其职业生涯中多次获奖。1988 年 11—12 月,他在社会主义杂志《月度评论》(*Monthly Review*)发表了回忆录——《在资产阶级内部开掘》(*Boring from Within the Bourgeois*)。他说,当他为《华尔街日报》工作时,以笔名在激进杂志上发表过文章,而且根据其激进的信仰为《华尔街日报》选稿。这一陈述不仅引起了《华尔街日报》的强烈反映,而且带动许多媒介如《华盛顿邮报》、《时代》周刊等,以及专业批评杂志如《编辑与发行人》、《哥伦比亚新闻学评论》等的广泛关注,引发了激烈的讨论,辩论至少持续了 6 个月。

里斯(S. Reese)认为,这一事件触动了新闻范式的一个基本原则:记者个人的价值观与客观性原则的关系。比如,在"媒介准确性"组织(accuracy in media)看来,这一事件违背了新闻的基本规范,越过了雷池,需要加以维护。因此,他们给各媒体负责人写信,督促媒介采取措施以防止"其他媒介鼹鼠再滥用权力"。有趣的是,《纽约时报》拒绝刊登有关文章,认为该文没有反映道德争端,也缺少麦克道戈尔做了错事的证据。里斯把这一现象看做是事件模糊性的反映。事实上,麦克道戈尔也是在走钢丝,充分利用了报道常规与价值观之间的不稳定关系。比如,麦克道戈尔即大量使用传统规范的话语来为自己辩护:他的报道包含重要性、冲突性、丰富性和惊奇,满足了商业媒体关于相关性和可读性的要求,而其平静、事实叙述和非极端化也符合标准。麦克道戈尔认为,激进的新闻记者比资产阶级记者更客观,因为后者在报道资本主义时往往对其价值前提并无清醒的意识。

边界本身就是模糊地带,反映了它所区分的两个地带的最低限度。它来源于两个地带,却又不属于其中任何一个。生存在边界上即意味着不稳定,甚至战争、疯狂。没有人愿意在边界地带久留(Eason,1986)。与库克丑闻中的批评一样,新闻界对麦克道戈尔事件的批评也没有反思边界本身的矛盾与问题,而是想方设法进行修补。根据里斯的分析,麦克道戈尔风波中的修补行为包括:1)排除这些危险的价值观对记者工作的影响,如《哥伦比亚新闻学评论》的一篇评论指出,记者不应当根据其价值信仰来判断,而必须忠于其职业;在资本主义媒介上,也可以有社会主义记者。2)诉诸新闻常规,如编辑程序,以防止危险的价值观"歪曲"报道。3)边缘化其人其文,使其显得无足轻重。在麦克道戈尔的文章出版以后,《华尔街日报》即发表声明,一方面质疑麦克道戈尔的意识形态在 15 年前的真实性(即认为他当时的意识形态倾向并不突出),另一方面强调自己的编辑程序对记者个人偏见的有效修正。《洛杉矶时报》的一个编辑甚至认为,从麦克道戈尔的文章中并不能看出其意识形态倾向,言下之意是麦克道戈尔的写作是失败的。

历史批评

有些事件在当时并没有引起多大反响,对规范的陈述和修复没有什么作用,但却在历史的追忆中,被赋予了叙事价值。比如媒介在麦卡锡主义盛行时期的所作所为,被后来的批评者视为客观性原则的脆弱的表现。

20 世纪 50 年代,美国共和党参议员约瑟夫·麦卡锡曾经成功地掀起一次反共浪潮,使得奥本海默、卓别林和费正清等一批著名科学家、艺术家和学者被迫接受听证调查。麦卡锡通过公开警告和指控的方式,迅速轰动全国,而"如果新闻媒介不着意帮他制造轰动效应,他的指责只不过是荒唐可笑的叫嚷而已"(帕伦蒂,1992:160)。因为恪守客观性原则,新闻从业人员即使不赞成麦卡锡的观点,也原封不动地将其指控写进报道;而由于麦卡锡显赫的参议员地位,有关他的报道又总是出现在重要的版面和位置。相反,受攻击对象的反驳和不同意见,却被当作评论,放在报纸内页的评论版上。

当时,记者并没有将其当回事,只是用幽默的笔调写到麦卡锡;甚至"许多记者一开始就憎恶麦卡锡,把他看成是一个玩世不恭的制造谎言的人和玩弄权术者"(同上:161)。专业杂志上也很少有人讨论关于麦卡锡的报道,虽然当时的杂志对解释性和客观性的讨论异常激烈。然而,时过境迁,当麦卡锡受到参议院调查、在新闻媒介上销声匿迹时,新闻业开始了反思。从此以后,有关麦卡锡报道的批评不绝于耳,作为一次教训,其教育功能(peda-gogic function)与日俱增(Zelizer, 1993b)。泽利泽称这一现象为阐释的持续模式。新闻工作者通过对共同历史的话语建构和协商而形成行为标准,而这个共同历史又随着对特定的关键事件的反复叙述而改变。就这样,新闻工作者被卷入一个创造过去事件的语汇的过程中,借此对当前的行为做出评价。麦卡锡事件提供了新闻工作的禁忌范例——不是在当时,而是在事后的复述过程中(同上)。

历史叙事的意图不在于建立符码的能指与所指的当下直接关联,而是超越当下,服务现在,暗示未来。也就是说,历史批评叙事是"根据现在界定过去,并暗示一个基本不同的、典型地讲是比当代'甚至更好的'未来"(亚历山大,2003:5)。麦卡锡报道所体现的客观性缺陷,威胁了新闻业的基本范式,从而威胁了新闻业这一组织(社区)的合法性。通过对麦卡锡报道的批评,新闻从业人员划清了自己与"那个新闻界"的关系,并凭借对专业理念的拓展与修复,新闻业获得了面向未来的新形象。比如,布罗德(Broder)表示:"麦卡锡事件显示了所谓'客观'报道的局限性,开启了一个解释性报道的新时代"(参见 Zelizer, 1993b)。

即使那些直接从麦卡锡事件中走出来的新闻从业人员,也凭借历史批评叙事,与事件疏离。一方面,批评者通过整体叙事,将整个新闻业纳入批评的范围,从而减轻自己的个体责任。比如,赖斯顿(Reston)在 1991 年回忆说,麦卡锡事件是其"编辑生涯的第一个测验",他的答卷并不理想,但是,"不对媒介在麦卡锡的反共征战中的表现进行反思,就没有一个新闻工作者的记忆是完整的"(参见 Zelizer, 1993b)。另一方面,当事者又以客观的语言叙述其同事的表现和细节,引用他人的描述而非自己的经历来讲述当时的情境。通过这种叙事方式,叙述者成了不相干的旁观者,是从中吸取教训的人,而非其中一员。疏离也是一种认同方式,在划清界限式的批评叙事中,宣称了自己的归属。

下篇　媒介批评：协商规范

李·布朗(Brown，1974)在研究美国的新闻媒介批评时曾深刻地揭示了媒介批评的作用："批评的一个功能是社会控制，其副产品是社会合法化"(11页)。当批评试图矫正专业人员的行为时，就通过改变社会的评价标准，建立了普遍接受的趣味。具有讽刺意味的是，大众媒介对大众艺术——戏剧、电影、文学和音乐——的批评，使其自身成为这些艺术形式的一种重要的控制代理机构。通过批评，专业批评家建立起来的标准，成为社会赞成和接受某种艺术形式的标准。批评作为一种社会控制的手段，提供了一个不成文的社会契约，它所表达的艺术或专业标准由此而具有了社会价值。

然而，在谈到新闻媒介标准时，布朗的态度似乎来了个 180°的大转弯。他说，批评是事后的，但批评的标准必须事先确立，并为公众、批评家和被批评者所了解。随意将自己的价值标准强加于批评对象，则只能招来反对。

在美国新闻界，对于媒介批评的诋毁与拒绝，恐怕比其他任何艺术形式和公共机构都强烈。但是，作为一个社会行为者，新闻媒介也不可避免地要与其他行为者(包括个人和机构)互动，其运作方式与理念不可能是自我设定、一成不变的。事实上，新闻媒介的实践标准与规范，是在新闻专业与其他社会行为者的协商过程中逐步确立的,并且,在协商过程中不断发展、变化。也就是说,新闻专业与媒介批评讨价还价,共同推进了专业规范的形成与变革。不过,由于被批评者的强烈抵制,这一协商的过程显得格外艰难,也正因为斗争与妥协的拉锯,不仅影响了规范的确立,也影响了媒介批评的健康发展。新闻规范的矛盾与冲突,既是媒介批评专业化程度不高的原因,也是结果。

从美国现代新闻史来看,媒介批评与新闻专业规范的建构与解构密切相关,用马尔佐夫的话说,"新闻业的每次重大变革都会导致批评的繁荣。事实上,我们可以通过考察批评家及其批评内容来了解美国的新闻业。"(Marzolf, 1995:49)。本文认为,从新闻专业规范来看,至少有四个重大时期的媒介批评值得关注:一是19世纪末20世纪初对新闻煽情主义与商业主义的批评,它协商了新闻的专业主义观,这是确立专业规范的前提;二是紧随其后的客观性理念形成时期,20世纪20年代,当政治与商业宣传日趋激烈的时候,对媒介控制与新闻操纵的批评导致了新闻专业核心理念——客观性——的初步规范;三是20世纪40年代的社会责任论,它在批评自由放任主义的基础上,修补了传统的专业规范;四是近10余年来的公共新闻学运动,它对传统新闻规范提出了严峻的挑战,使得新闻专业的替代性规范地位更加巩固。在20世纪40—80年代的40年间,也不断有新的实践形式出现,但它们对专业规范的突破贡献不大。比如,卡瑞(Carey, 1999)把公共新闻学看作是半个世纪内的第四次改革,在哈钦斯委员会所掀起的改革之后,还有新新闻主义和全国新闻评议会两次改革。的确,新新闻主义所倡导的理念标准与传统的客观新闻学大相径庭,甚至可以称为革命,但很难说已经成为新闻媒介、公众和批评家所共同接受的标准与规范。全国新闻评议会的主张在哈钦斯报告中已经有了雏形,而且它也并非一种新的专业理念,而只是实践责任理念的具体手段和媒介批评的一种机制。

第七章 专业主义:对抗商业主义

一、走向成熟的媒介批评:反对煽情主义和商业主义

美国社会对新闻媒介的批评由来已久。但是,政党报刊时期的批评主要集中在新闻媒介的政治观点上,与其说是媒介批评,不如说是政治批评。真正针对媒介专业表现的批评,是在商业报刊出现以后,尤其是 19 世纪末的新式新闻业形成以后。19 世纪 90 年代是美国报业的一个分水岭,在这一时期,新闻事业抛弃旧的时代,完成了迈向现代化的进程(埃默里等,1982)。在新旧冲突中,媒介批评异常活跃,面对媒介的商业主义和冷漠无情,批评家祭起了道德和民主理想的大旗。马尔佐夫在撰写美国新闻媒介批评史的时候,将起点定于 1880 年,原因即在于,他认为,世纪之交的新式新闻业为美国的现代新闻业赋形定性。

在当时的世纪之交,美国新闻业的社会和技术条件发生了巨大的变化。生产过程的机械化、城市的兴起、通信设施的大发展、钢铁时代的到来、电力的利用、新发明新技术的出现,这一切都大大提高了美国的工业化程度。1865—1880 年,美国全国的财富增长了一倍,到 1900 年又增长了一倍;1880—1900 年,人口增长了

50%,其中城市人口的增长则在一倍以上,人口在8 000以上的城市数目也增加了一倍。1900年时美国人平均受教育的时间为5年,这对于报纸、书刊市场来说已经足够。

这一时期的新闻业取得了巨大的发展。从1870—1900年的30年间,美国的报纸数量增加了3倍,日销售量增长了近6倍。面向大众发行的英文日报从1870年的489份,增加到1900年的1 967家。这些城市日报适应城市生活,在办报方式上进行了革命性的变化(埃默里等,2001)。一些大报已经逐步向复合型商业性公共机构转化。首先是普利策的《纽约世界报》,19世纪90年代中期,它的价值为1 000万美元,每年利润达100万美元。这一时期的报业对经营的重视比过去任何时候都强烈,1887年成立的美国报纸发行人协会(ANPA)即是一个明证。美国报纸发行人协会是应《底特律新闻晚报》的广告经理布里尔利(William H. Brearley)的倡导而组建的,其主要任务就是规范广告管理。

强烈的赢利要求改变了报纸的内容与外观。为了吸引城市大众,报纸重新拾起人情味故事的法宝,并通过各种促销手段、噱头来增加发行量。比如,《纽约世界报》在1889年派女记者科克兰(Elizabeth Cochrane)周游世界,并举办竞猜比赛,看她是否能够打破凡尔纳(Jules Verne)在其小说《80天环游世界》中所建议的时间,有近100万人参加了比赛活动。纽约的一个新闻人斯皮德(J. J. Gilmer Speed)对比了1881年4月17日、1893年4月17日的许多报纸周末版,发现谣言、丑闻、犯罪内容大大增加,而有关科学、宗教、文学和其他重要议题则相应减少。

煽情是新闻业商业化在内容与形式上的表现,最初的批评大多集中在新闻媒介的煽情主义作风。批评家指出,报纸大量刊载的犯罪、暴力、灾祸和反映人类黑暗面的内容,将败坏社会道德,而记者无情地刺探人们的生活,将使人们丧失安全感。有的批评家甚至将报纸比作"公众和私人不道德生活的下水道"(Marzolf,1991:12)。不过,19世纪90年代的批评收效甚微,煽情主义在后来的"黄色新闻业"中进一步恶化,直到批评之声更响亮时,报纸的发行人才有所意识,并开始寻找改进的措施,以应对批评。

黄色新闻业一词的创造,首先归功于《纽约报》(New York Press)的编辑沃德曼(Ervin Wardman),其次是《纽约太阳报》(New York Sun)的发行人和编辑达纳(C. A. Dana),他们用这个词来批评《世界报》和《新闻报》。在19世纪90年代,这两家报纸为了战胜对方,争相采用极富煽情能力的表现形式,如大字标题、套色图片等,其中最有名的就是两报采用的"黄孩子"连环漫画。在批评家看来,"黄孩子"就是煽情主义的象征。1901年,《纽约邮报》的周末增刊《国家》(Nation)的编辑戈德金(E. L. Godkin)写道:黄色新闻业的真正危害在于⋯⋯它那粗俗、下流和不顾后果的煽情主义精神,它逐步侵蚀了优良品位和高尚道德的教规,它培养了生活的坏习气,降低了读者的道德水准,它冒失的语言可能刺激起疯狂的人走向犯罪,它将使这世界变得更糟。

当时,报纸的暴力、犯罪内容遭到了批评家的猛烈抨击。托马斯(Thomas)认为,黄色新闻的不道德在于,媒介成为犯罪与邪恶的积极代理,而不是通过语言促进更好、更文明的生活方式。1900年,社会心理学者威尔科克斯(Delos F. Wilcox)博士分析了21个大都会的147份主要报纸,认为47份是黄色的,45份是保守的,其余居于中间。芬顿(Frances Fenton)发现报纸新闻和评论中有5%~20%的犯罪和反社会内容。发行量大的报纸这一比例也就越大。而且有大量实例证明报纸内容直接暗示了犯罪和反社会行为,报纸帮助树立了反社会的标准(1910年发表于《社会学期刊》(Journal of Sociology)。

除了对商业媒介的煽情作风进行批评以外,一些批评家开始将矛头直接转向媒介的经济命脉——广告。霍尔特(Hamilton Holt,一份名为《独立》的宗教杂志的总编)在1900年代撰写了大量文章、书籍批评商业(广告)对报纸的左右。在1909年出版的《商业主义与新闻业》一书中,他说:舆论统治了美国的民主,而编辑又是舆论的领袖。但编辑却并非人们想象的那样自由,而是受到广告的控制。当时已有2万多种日报、周报和月报,平均广告收入占47%。他说,如果新闻不再是一种事业,而沦为纯粹的商业买卖,那么广告就是罪魁祸首(Marzolf, 1991:41)。

堪萨斯大学新闻系主任索普(Merle Thorpe)在1915年时总结了当时媒介批评的四个主题:1)处理新闻时的严重疏忽;2)为了某种利益而压制新闻;3)与广告主同谋误导购买者;4)通过黄色新闻诱导人们的反社会本能。其中第一和第四项是当时的世纪之交时批评的主要内容,随后,对中间两个方面的关注越来越多。

二、批评者的建议:捐赠基金报纸与政府管制

只有少数批评家提出了解决方案。其中创办理想报纸和专业主义成为当时讨论的两个焦点。

1909年,霍尔特在批评广告的影响以后,比较了四种救赎之道:第一,扩大发行量,使报纸足以忽视广告主,但它仍然必须追逐受众,不能解决煽情主义问题。第二,像剧院、大学那样依靠捐赠

基金,这样便可以不顾任何人而左右发言,但现代报业太大,捐赠难以维持所有报纸。第三,报纸组成托拉斯、发行人的工会,这样可以调查虚假广告,但不符合民主理念。第四,个人的正直——这是霍尔特认为可以救治社会疾病的唯一良药。

并非所有的批评家都赞同霍尔特的意见。作为内战的牺牲品,个人的、强大的编辑时代已经过去,现在的新闻业是集体的、组织的产物。现代新闻业已经不是个人英雄的舞台,人们寄希望于社会化、机制化的方式来救治当时的媒介病。

在当时的世纪之交,人们对理想报纸表现出了高度的热情。早在1890年的一篇文章中,默里(W. H. H. Murray)就提出了捐赠基金报纸(endowed newspaper)的概念。因为不用追逐利润,这种报纸将提升新闻的专业水准。《戴尔》(Dial)杂志1893年的一篇社论指出,报纸具有"教化作用",不能让"人民的教师"再成为商品。捐赠基金报纸的最重要的倡议者是威斯康星大学著名的社会学家罗斯(Edward Alsworth Ross)。他在1910年时撰文指出,克服商业主义的最好办法就是捐赠基金报纸。作为矫正性的报纸,它有利于防止大报走向彻底的庸俗。

最初认为捐赠基金报纸不现实的霍尔特,在1912年时,似乎也改变了主意,提出了捐赠基金报纸的详细计划,引起了广泛的注意。他建议,这种报纸由一个委员会控制,委员会成员包括各政党和社会阶层的精英。这份报纸的口号是:全面、公正、准确。霍尔特的初步预算是需要500万美元的捐款。

两年后,罗斯教授还在推销捐赠基金报纸,但已应者寥寥,人们已经意识到它不切实际。威尔科克斯教授就不赞成捐赠基金报纸,因为"公众已经通过广告捐赠了很多",媒介只能是自己负责。

芬顿也认为,捐赠基金报纸不切实际,指望社会整体素质的提高也是幻想,唯一的解决办法是法律。对于报纸来说,用于反社会内容的形式同样可以用于正面报道。

捐赠基金报纸最终未能付诸实施,但这一呼吁和理想本身揭示了批评所持的方向:批评家都认为好的报纸应当是有道德的、公正的、真实的、有权威的、负责的、高尚的、独立的。

在媒介令人不满的表现和大量的社会批评面前,政府、立法机构试图参与管理媒介。比如,1897 年,《戴尔》呼吁净化报纸。根据《戴尔》的报道,伊利诺伊州州长欲采取行动,要求立法保护公民免遭愚蠢报纸的骚扰。各大城市的图书馆也正在把这些讨厌的报纸驱逐出去。民选的政府应当保护民众,令这些异端没有生存之地,这是政府应尽的职责。另据统计,仅在 1913 年一年内,即有 20 个州考虑建立某种形式的管理,国会收到许多提案,其中不少是关于广告管理的。但政府的介入与美国的报业传统、民主理念相抵触,遭到了普遍的反对。除非新闻媒介的行为带来了"明显和即刻的危险"(卡特、迪、盖尼特和祖克曼,1997),政府无权干预。

但是,美国联邦最高法院很少认定新闻和言论能够带来"明显和即刻的危险"。1919 年,霍尔姆斯(Oliver W. Holmes)大法官在斯查克(Schenck)诉合众国案中,首次以该标准判定斯查克在第一次世界大战中印行反对征兵制度的小册子是违法行为。但是,1927 年,霍尔姆斯与布兰第斯在审理惠特尼诉加州案时一致认为,这一标准很难掌握。布兰第斯说:"……没有一种言论会产生明显而又即刻的危险,除非体认到一种罪恶的意外事件即将发生,使我们失去充分讨论的机会。假使还有时间,由讨论来揭示错误与荒谬,用教育的办法来排除罪恶,那么,最好是鼓励大家更多的说话而非强使缄默不言。"(转引自施拉姆,1992:346)。在1948年的温斯特(Winters)案中,联邦最高法院认为除了言论以外,新闻也受到宪法第一修正案的保护。温斯特因其出版的杂志中主要是"犯罪新闻、警厅报告或有关流血、淫乱与罪恶事件"而遭到指控,勒令接受检察,但联邦最高法院不支持这一指控。

政府、立法机构参与管理媒介,常常被视为"事先约束"。"事先约束"在密尔顿(1958)雄辩的论证中已经失去了理论合法性,在实践中,又被美国联邦最高法院所否定。在1931年的里程碑式的尼尔诉明尼苏达州案中,初审法院认为"周六出版社"违反该州法规的规定,裁定永久性地禁止该出版商以"周六出版社"的名义或其他名义再次实施危害公共利益的行为。美国最高法院做出了撤销原判的裁决,明确指出了事先约束的危害,同时确立了事后惩罚的原则。

因此,对于美国的新闻从业人员来说,捐赠基金报纸、政府管理和法律制裁都不是理想的解决办法。在批评与反批评之中,另一种替代性方案逐渐浮出水面,即专业主义。相对而言,专业主义是一个更安全、更可靠的实现媒介义务的途径。专业主义鼓励崇高理想和个人对规范的自愿义务,这样将提升全国新闻业的水准,而且,它可以挽回新闻业在黄色新闻时期跌落的声望,并重新获得党派报纸时期曾经拥有的塑造舆论的力量。

三、妥协与折中:新闻专业主义

19世纪末20世纪初,专业主义逐渐成为这一时期讨论的中心。美国学者班宁(Banning,1998/1999)甚至认为,新闻工作者对新闻专业化的希望早在19世纪中期即已出现。从密苏里报纸协会(MPA)的记录(1867—1876年)来看,没有一次提到新闻是一种行业(trade),相反,都认为它属于专业。他们也呼吁订立新闻伦理规范。科尔曼(Colman)在1869年时即呼吁成立新闻院系。《论坛》(Forum)杂志曾在1893年组织过一期专题讨论,有三个高级新闻从业人员参加。纽约的记者凯勒(J. W. Keller)认为,新闻业称得上有学问的专业,但现实却是新闻工作者的低工资、工作不保险的现状,以及听命于老板的打工仔身份。他反对记者成立工会,因为记者不是体力劳动者,而是脑力劳动者。

专业主义问题的提出,在当时世纪之交的美国,有着深刻的现实基础。当时的新闻业已日益成为科层化的机构,编辑记者与经营管理人员逐步分开。复杂的经营管理问题,如抢占广告和销售优势、革新机械技术、处理节节升高的投资费用、越来越激烈的劳资矛盾等,导致了一支管理队伍的产生。这一现象与当时美国企业界的经理人员普遍形成一个阶层的趋势相一致(埃默里等,2001)。与经营管理专业化趋势相一致,新闻工作也日益专业化,形成独立的编辑和记者群体。

首先,报纸的编辑工作越来越复杂,内部分工越来越细,过去一个人包打天下的时代已经结束,新闻业成了集体工作的行业。到19世纪70年代,大都市主要的日报都设有一名主编、一名编辑主任和9名负责新闻的夜班编辑;一名本市新闻主编,负责指挥由大约20人组成的记者队伍;一名电讯主编,负责处理不断增多的国内外电讯新闻;还有一名财经主编以及戏剧评论员、文学主编和社论撰稿人(埃默里等,2001)。

其次,记者群体的认同感也在此时随着标准化的采访方式的定型而逐渐形成。早在 1820 年,随着政治斗争和商业竞争的加剧,报社即开始雇佣记者进行报道。到 19 世纪 30 年代便士报出现时,报道已成为报纸的专门手段。但是在 19 世纪 30 年代,采访还是一种全新的实践,早期的批评家认为采访是"事先安排好的",并非真正的新闻。直到 19 世纪 70、80 年代,采访才成为一种记者普遍使用的一种方法。人们开始接受这种记者引发并加以报道的"媒介事件"。在当时的世纪之交,主流记者仍然倾向于依靠记忆而非笔记。20 世纪 20 年代,教科书已经开始建议记笔记。接受笔记意味着接受中立的采访。不过,直到 20 年代,仍有不少人认为采访是制造出来的事件。美联社在 1926 年仍然反对其记者报道采访内容。欧洲新闻界普遍接受采访的形式要比美国晚 20 年,最初采访被视为美国式野蛮的体现。舒德森由此则认为,采访是美国新闻界对世界的贡献。采访的发明没有消除党派性,但是它预示着一种专业感,在其职业文化中有了自己的规律、奖赏和精神(Shudson,2001)。采访是新闻记者实践自主权的一种形式,同时向公众和新闻机构显示了自己与权威人士的亲密关系。记者的专业能力就是以其所拥有的新闻来源而判断的。采访的兴起与报纸记者作为相对自主、有着明确的专业身份的工人的出现相一致。19 世纪末,记者互相之间认同,并向其雇主表明身份(Shudson,1995)。

不过,关于新闻工作者是否称得上专业人士,美国的理论界一直争论不休。作为一个社会学概念,广义的专业即职业(occupation),与业余相对;而狭义的专业则指具有特殊性质的特定职业阶层,如医生和律师,以区别于单纯的行业或事业(trade, business)。早在 1915 年,弗莱克斯纳(Abraham Flexner)即归纳出专业的六个基本要素:1)庞大而复杂的知识体系;2)科学的理论基础,以及理论转化为实践的能力;3)专业知识的应用;4)专业训练与教育;5)自我组织与自我管理;6)利他主义精神(Hodeges,1986)。随着研究的深入,有关专业特性的清单逐渐完善,比姆(Beam, R. A., 1990)将其归纳为六个基本属性:1)必须以系统的、理论化的知识体系和专门技术为基础组织的一种职业;2)这一职业成员必须具有实践其职业责任或义务的广阔空间,即专业自治或权利;3)这一职业必须强调对公众的服务,以抵制经济获利;4)这一职业必须建立起一种专业文化,以促进其成员形成价值、规范和象征符号的共识;5)这一职业成员的产品必须是标准化的;6)对其成员来说,这一职业是值得终生献身的。

　　比照专业社会学提出的标准,一些学者认为,新闻业不具备作为专业的上述基本要素,一系列客观条件限制了新闻业成为专业的可能:1)新闻工作者在官僚政治环境中工作;2)新闻不需要系统的知识体系;3)新闻专业组织不介入政治游说或斗争,而是依靠传统来保护其权利;4)一般公众也不视其为专业;5)新闻组织的活动受广告商限制(Allison, M., 1986)。对于其他学者来说,新闻业虽不具备上述所有的特征,但从自治观念、服务观念、严格的伦理规范和职业精神来看,新闻业符合专业的基本标准,是配得上专业称号的。如果把专业化程度看作一个连续体,而不是非此即彼的专业或非专业,那么,新闻业也许是一种半专业或专业化程度较低的职业(Beam, 1990)。本文认为,从新闻发展史来看,新闻业在强大的批评面前,祭起专业主义这面大旗,并切实付出了努力,取得了一定成效,这是毋庸置疑的;但其专业管理模式不同于典型的律师、医学专业,有其特殊性。

四、专业管理模式之争

在 20 世纪之交的美国,将新闻业视为一种专业,并按照专业的要求予以规范,越来越成为批评者的共识。这反映在专业期刊的创办以及在专业期刊和其他场合所讨论的专业管理模式上。威尔科克斯教授在 1900 年对煽情报纸的分析中即指出,当公众的压力增大时,内部的改革就会实现,外部批评迫使媒介内部开始订立模式与标准。

最早的专业期刊是《新闻记者》(Journalist, 1884—1907)周刊。一开始,《新闻记者》的编辑福曼(Alan Forman)就鼓励记者署名,以增强责任感。在这份杂志上,讨论最多的两个主题是为记者增加工资和追求政治独立。《新闻记者》对黄色新闻展开了尖锐的批评,但是,它不赞成新闻的专业化,相反,它坚持学徒式的传统。真正对新闻专业主义的确立做出贡献的是《编辑与发行人》(*Editor & Publisher*,1901 年创刊)。它不仅支持成立新闻院校、专业组织和订立伦理准则,而且积极促进统一的专业标准,如独立、准确、公正等,并对违背标准的行为进行了猛烈的抨击(Cronin,1993)。此外,《新闻界》(*Newspaperdom*, 1882—1925)、《第四势力》(*the Fourth Estate*, 1894—1927)等专业期刊都在媒介批评与专业管理模式讨论中成为较有影响的公共论坛。

较早提出的专业管理模式是成立专业协会并订立伦理规范。ASNE 的第一任主席约斯特阐述了成立专业协会的重要性:在现代新闻媒介中,编辑成了报社的匿名人,像僧侣一样与世隔绝;编辑应当加强联系,关注整个行业,促进专业的团结,并探讨专业问题。他认为,通过订立规则、确立标准,协会必须回应不公正的批评。"美国新闻院系协会"(American Association of Schools and Departments of Journalism)的主席,俄勒冈大学新闻学院主任艾伦(Eric W. Allen)在仔细研究了欧洲的新闻业以后说,美国新闻业当时缺乏的就是彻底而冷静的自我批评精神,那是专业的"海燕"。无中生有、感情用事的批评不是我们所需要的。Allen 呼吁学者和新闻人的明达的批评以帮助改进媒介。他表示,当专业内部的有效的批评建立起来、真正的标准得到确立并认可时,人们就能够轻易地分辨良莠,而忠诚地批评将得到热切的欢迎。

为建立统一的标准,新闻业致力于制订伦理规范。《戴尔》杂志 1893 年的社论指出,如果把媒介仅仅看作企业,那么评价标准很简单,就是会计的标准,只要计算发行量、广告收入和年度收支表就行了。作为一种专业,应当按照道德标准来检验新闻业的社会服务水平。为此,《戴尔》还制订了一个简单的伦理准则。ASNE 的第一个目标即订立规章,它的《报业守则》1923 年被 107 个成员单位所采纳。

专业教育作为专业化的一个重要标志,不仅引起了广泛的讨论,而且迅速付诸实践。作为报社记者,吉尔德(Gilder)在 1899 年时指出,缺乏责任感,杜撰新闻,导致了记者素质的下降,使得记者不得不听命于雇主。因此,在许多批评者看来,改进新闻业的表现,加强对其从业人员的教育是直接而有效的途径。1903 年,普利策的《纽约新闻报》向哥伦比亚大学捐赠 200 万美元以建立新闻系。在捐赠声明中,普利策明确表示:在其他行业,为了恰当地履行职责、一致向公众负责,人们要接受数年专门教育;但对于新闻人来说,作为人民的信使和教师、舆论的解释者甚至塑造者,迄今为止仍没有针对其重要职责的专门教育。《编辑与发行人》和《新闻记者》都支持普利策的计划,甚至认为在12年前他面临批评时,就应当如此。

但是,也有批评反对新闻教育。戈德金的同事怀特(Horace White)认为,哈佛、耶鲁虽然没有新闻系,但能培养出比哥伦比亚更好的记者,因为新闻技巧不需要在大学的课堂里学习。关于新闻教育的分歧,根本的矛盾在于:新闻业是边做边学的技艺,还是必须通过严格训练的专业? 在反驳批评意见时,普利策表示,新闻的本能是天生的,但良好的判断却是后天培养的。《纽约太阳报》的总编辑洛德(Chester S. Lord)说,虽然有人认为新闻不需要专门学习,但是,新闻院系将扩展、强化、提升专业水准,并革新这一行业。在批评与争论之中,哥伦比亚大学新闻系于1912年正式成立,此前密苏里大学新闻系已于1908年成立。1910年时,至少12所院校向400名学生提供新闻学课程,到1912年,有三所正式的新闻专业教育单位——另一个是马凯特(Marquette,美国密歇根州西北部一城市)。1912年美国新闻学教师协会American Conference of Teachers of Journalism成立。到1915年时,全美已有55个新闻院系,175名教师,3500个学生。马尔佐夫认为,早期的新闻院系的领袖对现代新闻业的标准、理想和道德形成起了关键作用。

批评者还提出了更严格的专业管理模式——许可证制度。被认为是标准的专业人士的律师和医生,在从事实践工作以前,除了接受正规专业培训以外,还要参加统一的资格考试,以获得从业许可证。在对新闻从业人员的激烈批评中,建立像律师和医生那样的许可证制度被提上了议事日程。1912年,宾夕法尼亚州编辑协会(The Pennsylvania State Editorial Association)倡议实行许可证制度,并准备成立一个专门委员会对申请者进行资格审查。《编辑与发行人》称赞许可证制度是一个对新闻业和公众都有益处的东西。1914 年 5 月在堪萨斯新闻周刊召开的全国性新闻业会议上,新闻从业人员的许可证和伦理规范问题第一次得到全国性的关注。伊利诺伊州副州长哈拉(Barratt O' Hara)准备了一项有关新闻从业人员许可证的提案,并得到了许多新闻人的支持。他认为,这可以给新闻从业人员拒绝发行人操纵新闻的一个理由:我这样做会被吊销执照,而没有执照,我就不能再为你工作了。这样做是将记者和公众的利益置于首位。最后由于提案太多,没来得及讨论,但消息的泄漏招来了全国一片反对。主要的批评认为这有违宪法对新闻自由的保护,任何公民的表达自由都不应当受到任何形式的限制。而且,许多人认为,新办的新闻院系和新闻协会对于提高专业水准已经足够。1915 年时,哥伦比亚大学新闻学院的主任威廉姆斯(Talcott Williams)还在提倡许可证制度。但这时,《编辑与发行人》承认这一计划已经遭到了普遍反对。1924 年,威斯康星大学教授布莱耶(Bleyer)重提许可证制度。1925 年,伊利诺伊大学的墨菲(Lawrence W. Murphy)拿出详细的许可证计划。1926 年,他出任伊利诺伊州报业协会委员会主席,再次向州议会提出该计划,但遭到强烈的反对。曾经支持他的《编辑与发行人》杂志此时也强烈反对将新闻工作者置于州报业协会和政府的控制之下。

批评者建议的许可证制度虽然没有实施,但并非全无作用。它至少让从业人员感觉到了批评者手中的大棒,体会到了现实的威胁。纽约大学新闻学院的主任李(James Melvin Lee)在提倡新闻伦理规范时即明确表示:政府已经要求提供发行量的准确数据,其他管制计划也在拟定当中——"你们已经听到了雷鸣,赶快在被闪电击中前行动吧"(Marzolf,1991:68)。由此看来,施拉姆认为美国报纸编辑协会的伦理守则是在没有受到任何外来压力下的报界"自清"行为(施拉姆,1992),这一观点是不符合实际的。当然,报业所受到的威胁没有像当时的电影业那样强烈,因此,也没有形成电影业那样的严格的自律形式。

　　20世纪20年代,在批评的强大压力下,美国的新闻业开始向专业化迈步,但在如何实施专业义务的具体方法上却没有达成一致,人们寄希望于专业组织和新闻院系。新闻业以专业主义来应对当时世纪之交的媒介批评,这是博弈、权衡的产物,也是当时社会的流行趋势。不同的是,在独立、自由的保护伞下,新闻业有条件、有选择地推进着自己的专业化进程。新闻业维持着半艺术、半技艺、半专业的状态,这也许是当时平衡外部压力和民主理想的最佳方式。应当说,新闻专业主义体现了进步的思想,对媒介实践的改善也有一定的促进作用,但同时,也应当看到,作为缓和批评、防止干预的策略,专业主义又具有强烈的专业保护色彩。

第八章 客观性原则:专业范式的建构

面对激烈的媒介批评,专业主义作为一种解决方案,在市场博弈与公共选择中,得到较大多数从业人员的认可,并很快付诸实施。但是,后来被视为专业意识形态的客观性原则并非一开始就获得了认同,而是在批评与协商之中,逐步明晰起来,成为新闻专业的核心理念。

一、客观性理念的起源

客观性理念起源于何时尚无定论,有的认为早在 19 世纪中叶即出现了客观报道的端倪。新闻史学家莫特(Frank Luther Mott)认为,客观性原则是从诸如普利策这样的发行人中发展起来的,普利策坚持准确性,避免错误和歪曲,提倡直接而清晰的写作。有的学者则运用内容分析的方法,确认客观性原则形成于 1905—1913 年间。马尔佐夫认为,客观性原则在早期的理想报纸的表述中有所体现,但真正成为中心议题则是在 20 年代,李普曼最早提出了客观性概念。1919 年,李普曼在其文章《现代自由意味着什么》(*What Modern Liberty Means*)中提出了客观报道的概念,并在 1920 年的著作《自由与新闻》(*Liberty and the News*)中第一次全面讨论了"客观新闻学"。当1923年ASNE订立专业原则时,客观性得到美国新闻业的广泛认可。克劳福德(Nelson Crawford)的新闻伦理教材(1924年)则积极地推广了这一概念。

有关客观性理念缘起的更重要的问题是,为什么新闻业要以客观性为规范? 在20世纪20年代,随着社会政治、经济形势的变化,以及解释分析学、心理学、语言学等学科的发展,人们对理性的信心已经动摇,过去基于经验主义的真理观已经破灭。在这样的语境下,美国的新闻业祭起客观性的大旗,动因何在?

正如舒德森所说,在利他文化中,"规范的标准已由崇尚真善改为谨慎地适应现实"(Schudson, 1993),将客观性作为一种专业理念公开进行表述,不仅是社会经济、技术条件的结果,更是新闻业应对社会批评的一种解决方案和策略(Schudson, 2001)。20世纪20年代是客观性理念被当作一种专业规范接受的时期,也是针对宣传、推销的批评最多的时期。因此,我们有理由认为,客观性理念的提出,是社会角色对话的结果,也是一种妥协和折中。

传统上认为客观性产生于19世纪末,主要原因有媒介自身的赢利要求和技术提供的可能性。商业媒介,包括报纸和通讯社,为了争取更广泛的受众,必须抛弃党派性论争,而以客观、中立的报道吸引持有不同政见的公众。例如阿特休尔(J. Herbert Altschull)指出,"实行客观性法则有利可图,政治上的中立就是商业上的赢利。"(阿特休尔,1989:153)。不过,这种解释并不全面,客观性报道不是赢利的必要条件,比如,政治运动及其报纸的热情参与,也是提高报纸发行量的有效手段,如普利策和赫斯特的报纸。

技术对于客观报道的贡献,主要是电报。当时电报的昂贵价格和不稳定的技术水平,使得利用电报传递的消息必须简洁、明了。这就导致了事实第一的风格和倒金字塔式的结构。关于电报和通讯社的作用,主要源于唐纳德·肖(Donald L. Shaw)的研究。他对1852—1916年威斯康星的报纸进行了内容分析,发现有倾向的新闻逐渐减少,尤其是1880—1884年间,主观色彩明显的内容下降得最厉害,而同时,通讯社稿件从47%上升到89%。因此,他认为报纸逐渐模仿通讯社的做法,进行客观报道。舒德森反对这种观点,他认为技术简约论只部分地解释了一种新的社会实践的可能性,而非道德规范的必然性。事实上,19世纪末20世纪初,党派性报道仍然很流行,如美西战争报道。舒德森认为,肖的结论建立在有限的数据之上,而且他对于数据的解释也不完整。他所观察到的1880—1884年党派报道的减少,很有可能是因为1884年竞选的中心问题改变的结果:当时人们聚焦的不是政党问题,而是候选人的个人品质问题(Schudson,2001)。

应当说,赢利的要求和技术的可能为客观性原则的实现提供了条件,但是,把客观性原则当作一种专业理念明确提出与推广,与先哲的大力提倡不无关系,而这又深刻地反映了当时的社会现实与思想基础。

客观性理念在当时世纪之交的诞生,有着深刻的现实和思想根源。在世纪病态与进步主义的联合作用下,体现了科学精神的客观报道成为解决当时社会问题的一个法宝。当时的世纪之交,人们面临认同和表达危机,因为社会大大扩展,社会对个人丧失了意义。在这样的情况下,新闻媒介是把社会重新变得透明的重要工具。因此,报纸被称作社会的感觉细胞。卡瑞(Carey,1991)明确表示,科学报道反映了典型的美国梦,以及现代传播发展的一般模式——建立一个全国统一的传播系统,因为建立在神圣的事实上的科学的新闻业能够提供一致的信息,这样就能解决社会矛盾。科学和技术是当时社会认同的解决矛盾的两个法宝。约翰·杜威也曾经指出,电报和铁路导致的新闻和传播变化促使"科学"报道的产生。

政治观点的变化是客观性原则最终确立的一个重要因素。从1880—1920年,美国掀起了政治独立和进步主义改革的热潮。自由主义改革分子批评盲从式的政党忠诚,提倡教育式的选举,鼓励多提供些小册子,而非游行。在这种思想的影响下,报纸也开始倾向于政治独立。

然而,从新闻业的自我意识来看,客观性在当时能够以专业理念的形式提出,并获得广泛认同,体现了新闻业确立合法性、建立团体认同的需要。根据社会心理学的观点,群体的团结需求和程度与外界的压力有关。20年代前后,过去媒介批评针对的商业主义问题,并没有随着新闻专业化的努力而减少,相反,战争加速了报业商业化的进程。与此同时,旧疾未去,又添新病,战时宣传以及战后的政治与经济宣传,激起了新的媒介批评浪潮。

新闻业试图改变自身形象。1909年,美国报纸发行人协会(ANPA)成立了一个"免费宣传委员会"(Committee on Free Publicity),严密监视利用新闻进行的宣传。1917年,ANPA投票表决,认为用免费新闻形式争取广告合同是违法而不道德的。但是由于他们真正担心的是广告收入的减少,而非专业水准的提高,又缺乏有效的监督机制,不少报纸仍然我行我素。

当时,批评家也没有提出多少行之有效的建议,解决问题的思路仍然在专业主义的框架之内。比如,1920年,厄普顿·辛克莱发表了著名的《无耻收买》(*The Brass Check*)一书,批评大财团对报界的贿赂。他的批评可谓掷地有声,即使现在看来也不失合理性。但他除了重复当时的,以及采访发表前让被访者审阅的方法以外,缺乏有效的解决方案,所以后人评价他是破多立少。1921年,芝加哥大学的 Curtice N. Hitchcock 在认真研究了辛克莱的著作后指出,最佳的解决办法是专业主义。他认为,关键问题不是意见是否自由,而是这些意见是否以全面的事实为基础。他呼吁专业培训和新闻教育,通过教育使得新闻工作者"具有科学分析和批判性评判的能力,能够认识到自己报道中的文化偏见,并将其降低到最低程度。"(Marzolf, 1991:78)堪萨斯州农业学院(Kansas State Agricultural College)的克劳福德教授认为辛克莱的指控有一定道理,确实有些新闻由于发行人的意志而被歪曲、操纵、压制、粉饰,但问题的关键在于,新闻人的无知和怯懦——他们本应是自由主义者,但却沦为企业老板的写手,这导致了保守主义的偏见。Allen 也承认,偏见在所难免,但通过提高专业水准,可以使情形大为改观。在 20 年代初,许多批评家提到要为有辨别力的读者提供客观、无偏见的新闻。

当李普曼提倡客观报道时,他也没有肤浅地歌颂理性和公众。恰恰相反,他承认客观呈现新闻和切实地分析并不符合人的本性,客观来自文化和教育。因此,专业训练在客观新闻学形成中起着重要作用。在《舆论学》(*Public Opinion*)一书中,李普曼详细分析了导致偏见的社会和心理根源,比如人脑中的"固定的成见"(stereotype)是我们难以摆脱的弱点。"对于大部分事物我们并不是先观察而后解释,而是先解释然后观察。"(李普曼,1989:52)。"由于我们越来越意识到脑子里存在的主观主义,我们才对客观的方法产生了一种不能不有的热情"(同上:270)。舒德森与其观点类似:"与其说追求客观导因于天真的经验主义与盲信事实,不如说是对怀疑论的反击;与其说是对相信事实的最后肯定,不如说是在一个事实非如表象般可信的世界中,寻找一个可以肯定的方法。"(Schudson, 1993)。

李普曼认为,当时的新闻业不能和医学、工程学和法学一样成为一种专业,因为它没有精确的检验标准,没有权威的指导。唯有把新闻业提高到专业的程度,像其他社会科学一样,采用科学的方法,才能成为舆论的理想基础。这种理想的"情报体制","因为可以利用各种经验,就能减少反复的试验和错误;还因为使社会观察看得见,这就有助于个人进行自我批评"(李普曼,1989:259)。李普曼预言新闻业的第三次革命:第一次基于政党意见,第二次基于大众意见,第三次更独立、更自由:即专业—客观的报道。他认为,除非客观新闻学成功地建立起来,否则新闻业不能成为一种专业。

客观是主观的克星,也是宣传的敌人。不过,和承认人的主观性一样,举起客观性的大旗,并非要消灭宣传和推销,而是在承认宣传的同时,与它划清界限。欧文批评说:一些新闻工作者本来希望保持新闻的纯洁,通过评论来施加影响。但是,评论的影响力日益衰退,真正有影响的是新闻。操纵新闻既便宜又有效,而公众还不知道新闻已被污染。李普曼也注意到新闻来源的直接渠道在复杂的现代社会已经关闭,公开发表的新闻都是通过公关人员(他称为报刊宣传员)提供的。不过,同时他也表示,利用媒介进行宣传、向社会传递自己的声音也并非不可理喻,对于提供消息的组织来说,"不管是需要保证宣传还是避免宣传,都不能把报道的决定权让给记者。"(同上: 227)。这就等于在一定程度上承认了公关宣传的合理性。另一方面,在强烈的社会批评声中,企业推销——

公共关系——也被迫专业化,建立专业道德规范。被称为公共关系之父的伯奈斯(Edward L. Bernays),在1923年为宣传和公关做出了界定:宣传是有意的舆论操纵,为管理服务;公关则提供诚实的、表明来源的信息(参见 Marzolf,1991)。事实上,20世纪20年代时,公关已被视为专业技巧的一个方面,到1929年,哥伦比亚大学也有了公共关系课程(不在新闻系),许多新闻院系都讲授公共关系内容。1939年开始,《编辑与发行人》把公关作为一个常设内容。新闻从业人员小心地警惕着新闻中的宣传,但也承认现代社会公关的合理性。而客观报道除了符合民主、科学的时代要求外,还具有开放性,至少对于发行人来说,这种方法能够争取朋友、冒犯较少的人;既能为公众服务,也能为私人服务。

二、客观性理念的完善

李普曼有关客观性的阐述实质上表明了客观性的理想主义性质,同时,也意味着客观性理想的脆弱性。被美国新闻业视为核心传统的客观性理念在批评中诞生,此后其自身也一直未能避免批评与挑战。

解释性报道通常被视为对客观性报道的挑战,是客观性理念面临的第一次考验。一战以后,尤其是30年代的经济危机,使得传统的客观报道手法捉襟见肘。当第一次世界大战爆发时,美国的许多民众目瞪口呆,茫然不知所措。报纸和通讯社只报道已经发生的事实,很少提供事态发展的分析,令不具备专业知识的人在大战来临之际缺乏准备、感觉突然。接受这一教训,在30年代的经济危机发生时,新闻工作者开始尽力向读者提供背景和分析。

有的新闻工作者甚至明确地把 1933 年视为"旧新闻学"失败的日子,他们把客观性原则视为对经济记者、驻外记者的束缚。1932年,西北大学的麦克杜格尔(Curtis MacDougall)教授把"解释性"内容加入其教材《为新手报道》(*Reporting for Beginners*),1938 年再版时改名为《解释性报道》。

不过,对于大多数人来说,解释并非对客观的否定,而是补充。1935 年,哥伦比亚教授布鲁克(Herbert Brucker)宣告,上一辈的标准已经过时,新闻工作者必须向读者提供连续的世界图景。解释而非评论,过去在国际和政治新闻中存在,现在应当扩大到所有新闻中去。在 1949 年出版的《信息自由》一书中,布鲁克反对捐赠基金报纸或无广告报纸,认为它们都将导致某种程度的控制,而只有客观报道才能保证社会的多元化。客观报道是美国对新闻业的特殊贡献。在此,布鲁克使用的已是修正了的客观报道概念,即不同于过去的肤浅的、表面的客观原则,而是力图突破传统观念的束缚、加入分析解释的报道。

哈钦斯委员会把传统的客观报道称为"假客观"——"由于半真实、不完全、不概括而产生出来"的"奇怪的客观性"。为了避免这种做法带来的危害,报刊"应该寻求'全部真实',以代替两个'半真实'就构成'一个真实'的想法"(施拉姆等,1980:103)。

新闻从业人员竭力划清报道与议论的界限,把解释性报道纳入客观报道的范畴。《纽约时报》原星期日版主编莱斯克·马克尔说:"解释是以充分的背景为依据的客观的加工过程,其中有一部分是评论……而发议论是一种受论点和感情影响的主观加工过程。解释是新闻的组成部分,而发议论则几乎应该严格地限于社论文章。"(海顿,1980:212)。电台评论员爱尔默·戴维斯(Elmer

Davis)看到了解释与客观性理想之间的矛盾与尴尬,但仍然希望报刊在客观报道上做得更好:"好的报纸,好的新闻广播,必须在两大深渊的中间踩软索——一方面是假的客观,它从表面现象上看事情,使得公众为厚颜无耻的骗子所欺骗;另一方面是'解释性'的报道,它不能在主观与客观之间、在合理的确凿事实与记者或编辑所认为的事实之间画出一条明显的界限。"(转引自施拉姆等,1980:104)。解释性新闻处于主观与客观之间的灰色地带,但仍然属于硬新闻的范畴。当时,报纸也没有特别将其标明以示强调。

通过对假客观的批判,新闻业把陈旧的、浅薄的、镜子式的反映与客观报道区别开来,不再以直接新闻(straight news)为客观报道的唯一规范。这样,解释性报道拓展了新闻专业理念,使得新闻从业人员有了更多的选择,因此,是专业主义路上迈出的新的一步。

三、客观性理想的挑战

真正对客观性原则造成威胁的是 50 年代的麦卡锡事件和六七十年代的"新新闻学"(new journalism)。共和党参议员麦卡锡充分利用媒介操作常规——即所谓客观性程序——达到自己的政治目的,比如,麦卡锡往往在截稿前发布消息,让记者没有时间核实,只能原封不动地引用他那没有确凿根据的指控。对麦卡锡的报道暴露了客观性如果被利用所带来的最坏结果,在事后的反思中,美国新闻业开始了对客观报道的批评与反动。

后麦卡锡时代,解释性报道重新流行,并带动了一系列新的形式。阿特休尔(Altschull, 1990)总结了 9 种新形式:调查性新闻(investigative journalism)、进取性新闻(enterprise journalism)、解释性新闻(interpretive journalism)、新新闻主义(new journalism)、地下新闻(underground journalism)、提倡式新闻(advocacy journalism)、敌对新闻(adversary journalism)、精确新闻(precision journalism)、名流新闻(celebrity journalism)。其实,这些新概念并不新,即使"新新闻学"一词本身,在 1887 年即已出现。英国诗人、文学批评家阿诺德(Matthew Arnold)在批评支持爱尔兰自治的新闻工作者时,就曾呼吁对读者更负责任的"新新闻学"。普利策也曾使用该词表达《纽约世界报》所具有的战斗精神。后麦卡锡时代出现的这些新概念,反映了战后美国的社会、文化状况。阿特休尔认为,新新闻学是新技术革命和两次世界大战的后果。事实上,每次大战之后,都有新的理念诞生,比如,30 年代罗斯福新政导致的社会变化,使得新闻工作者经济和社会地位得以提高。

新闻业的每次新运动,都对新闻工作镜子似的标准提出了挑战——

精确新闻。以北卡罗来纳大学新闻系教授菲利浦·梅厄(Philip Mayer)1973 年出版的《精确新闻学》(*Precision Peporting*)为标志,提倡使用社会科学的调查、研究方法,如抽样调查、参与观察等,处理新闻材料,使得新闻报道更加真实可靠。与解释性报道倡导者对客观报道的批评一样,梅厄指出,在采集、报道新闻的过程中,新闻从业人员依靠所谓的"常识"、"传统智慧"选择、组织材料,结果,"一点常识加上一些事实,立刻就能形成对于任何主题的正确答案"(转引自李良荣,2002:155)。这种方法导致了谬误和差错。不过,精确报道所提倡的方法和原则,表面上是对客观报道的批评,但却在实际上拓展了客观报道的理念,也就是说,"试图通过对从业者专业素质的提升、报道方法和具体工具的完善,为向客观性的逼近提供更加经得起推敲的基础"(李良荣,2002:156)。

调查性报道。是一种揭露性报道,指"利用长时间内积累起来的足够的消息来源和文件,向公众提供对某一事件的强有力的解释"(埃默里等,2001:493)。调查性报道的第一次高潮出现在19世纪末20世纪初。在1969年西摩·赫什(Seymour Hersh)揭露了越南美莱屠杀真相以后,调查性报道重新流行起来。到1972年,《华盛顿邮报》的鲍勃·伍德沃德(Bob Woodward)和卡尔·伯恩斯坦(Carl Bernstein)成为水门事件中的英雄,调查性报道达到了顶峰。赫伯特·斯川兹在分析调查性报道时对客观报道提出了批评:"为何报界总是不愿从事深度调查的工作……主要的原因是,编辑和记者已被引领迈向报道事实的方式。"出于事实与真相必须打破各种壁垒才能获得的假设,调查性报道把主观和客观之间的紧张对立推到极致(李良荣,2002:158)。

进取性新闻。主要出现在通讯社中,在对麦卡锡的报道中,通讯社的客观、非批评性的报道方式遭受了广泛的批评。进取性新闻理念拒绝依赖新闻来源和新闻发布会的统发稿,而坚持挖掘新闻背后的事实。他们避免掺杂自己的观点,从而仍然是一种客观报道。

解释性报道、精确性报道、调查性报道和进取性报道,因不满于传统的客观报道方式,以种种方式加以改进,但从其精神来看,仍然是以客观、真实为理念,或可视为拨乱反正。与之相对,敌对新闻和鼓吹新闻则偏离了航线。

敌对新闻回归殖民地时期的报业传统,把新闻媒介视为看门狗,监督政府和当权者的行为。他们也自称保持客观、冷静,但始终保持与当权者的对立。

鼓吹式新闻。新闻工作者成为某一事业的公开的发言人,他从众多的新闻来源中挑选有利的内容。因此,在这种情形下,客观性成为虚伪的遮掩、进攻的武器。鼓吹式的新闻工作者事实上成了"新闻版的评论员"(Altschull,1990)。

地下新闻和新新闻主义则完全背弃了客观性原则,走到了客观的对立面。

地下新闻业是反文化的媒介。对于他们来说,主流媒介的客观性标准是应该诅咒的东西。雷·芒戈(Ray Mungo)曾帮助建立地下通讯社"解放新闻社",他说:冰冷的事实总是令人厌烦,而且可能歪曲事实,而事实应当是人类表达的最高成就。他们常用的方法是"休克价值观"(Shock value),以期激怒"正直的社会"(Altschull,1990)。他们对摇滚音乐、吸毒、性解放、脏话等表现了异常的热情。对他们来说,客观性、社会责任、知晓权等都不重要,新闻就是为其个人意识服务的工具,是反宣传的工具。地下新闻业和敌对新闻业的区别在于,前者根本否定了平衡的规则。

新新闻主义报道(new journalism)。即用文学的手法进行新闻报道,又称为"文学性新闻"。这种报道强调"性格化描写",即注重对话、场景和心理描写,尤其细节描写。沃尔夫(Tom Wolfe)被称为新新闻主义的主要理论家,他反对原始主义的写作方式,反对客观报道中的简单的事实,提倡"现实主义的心理学",他们认为,新闻必须"向读者展示真实的生活",而这是传统的客观报道所无法达到的。相反,新新闻主义认为,通过从"理智与情感两方面席卷读者"，他们可以完成这一使命（Altschull，1990；李良荣，2002；哈维，1995）。

地下新闻业和新新闻主义以极端的形式反对客观性原则，给美国新闻业带来一股清新之风。但它们来也匆匆，去也匆匆。地下新闻业随着政治运动的衰退而逐渐烟消云散，当时的编辑记者要么离开新闻业，要么加入主流媒介。新新闻主义即使是在其最活跃的时期，也备受批评，它为虚构打开了方便之门，成为新闻的硬伤。在90年代中期，报纸为对抗广播电视、争夺读者，新新闻主义以"文学性新闻"、"亲近性新闻"、"创造性非虚构写作"等形式复兴（哈维，1995），但毕竟不是主流。

四、客观性意识形态批判

对客观性理念的批评，一直是新闻传播研究的中心议题之一。概括起来，批评的主要观点有三：一是现在的新闻并不客观；二是新闻不可能客观；三是新闻没有必要客观。

一些学者通过内容分析等社会科学研究方法，分析媒介内容的偏向，或者通过媒介现实与社会现实的对比，发现两者的差异，揭露媒介的偏见。1965年，新闻学教授约翰·梅里尔（John Merill）对《时代》杂志有关总统的报道进行了研究，发现该杂志对杜鲁门持强烈的否定偏见，对艾森豪威尔持强烈的肯定偏见，对肯尼迪的报道则相对平和（赛佛林，坦卡特，2000）。大量研究证实，媒介所表现的暴力内容、少数族裔的形象，与社会实际相去甚远。一项研究表明，1992—1995年，美国主要电视网的新闻节目中，犯罪报道的内容增加了3倍，其中谋杀报道增加了336%（还不包括对

O·J·辛普森的报道），而根据美国联邦调查局的报告，在此期间谋杀案的数量下降了13%（罗恩，2001）。

批评新闻报道不客观，其前提仍然是客观现实的存在，仍然以客观性为标准。然而，批评客观新闻不可能的观点则根本否定了客观现实的存在，客观性原则受到了认识论的挑战。客观性原则的哲学基础是实证主义。实证主义的认识论认为，世界是独立存在的，与人的主观感觉和选择没有关系；但是，世界是可以认识的。19世纪的技术进步，证实了理性主义和实证方法的可行性，更加坚定了人们以科学知识认识世界并进行客观反映的信心。但是，到了20世纪20年代，这种简单、幼稚的世界观受到了挑战，解释性报道的兴起实际上体现了人们对理性的怀疑：世界大战、政治和商业宣传、法西斯主义、大萧条，以及社会科学的发展，如弗洛伊德心理学等，这些现实使得人们不再相信事实、理性，甚至民主本身。当实证主义宣称可以通过经验获得世界的直接知识，传统主义认为，主体和直接感知的世界之间总是隔了一层网：范畴、观念或传统过滤或框定了我们对世界的感知（Hackett & Zhao, 1998），直接的、客观的知识是不存在的。世界并非"外在"的，任由我们去感知。相反，我们所建构的世界之图景深刻地受到我们谈论的方式的影响，现实是相对的。因此，没有偏见的、纯粹的事实记录是不可能的，因为，在观察、记录的过程中，评价已经通过其使用的概念、语言而折射出来。

既然新闻不可能客观，那么，客观就只能是一种"策略性仪式"（Tuchman, 1972）。在盖伊·塔奇曼看来，"客观"是横亘在新闻从业人员与批评者之间的一堵保护墙："使用新闻消费者能够辨别的程序，可以保护新闻人免遭同行和批评者的责难。"新闻工作者常用的客观性程序包括：查证事实、展示争议双方、出示支持性证据、恰当地使用引号、按特定顺序组织信息（如倒金字塔结构）、提供五个"W"等。塔奇曼将这些程序视为仪式，因为"仪式乃指与最终目标很少或几乎没有关系的常规程序"。而策略性则体现在这些程序的修辞功能上：通过遵循这些程序，新闻从业人员成功地宣称自己很专业地保持了客观，从而保护自己免受批评。

更有甚者，在一些批评者看来，客观报道的程序作为新闻专业的主要常规，与其他常规一起，成为合法化社会现状的工具："通过新闻的常规运作，通过认定新闻专业工作者具有裁定知识、表述新闻事实的权力，新闻使社会现状合法化了。"（Tuchman，1978：14）。或者，用阿特休尔的话说，即成为"权力的媒介"：客观性"在资本主义世界中为维护其社会制度，为防止背离其意识形态的正统观念增添了力量"。有意思的是，阿特休尔并不认为资本主义社会与社会主义社会在这一点上有什么区别，"客观性已趋于充当集体组织的机构，在许多方面和列宁要求苏联新闻媒介所起的作用甚为相似。"（阿特休尔，1989：150）

另外，对于有些批评者来说，根本就不需要客观。早在1926年，Don Seitz 在《前景》（Outlook）杂志上批评道：现代报纸已经丧失了作为自由保护者的威望，成为一个赚钱的工具。编辑不再像过去一样是可以咆哮的看门狗，他们背后没有任何势力支撑，他们也没有特定的目标，没有冲劲（Marzolf，1991）。在敌对新闻、地下新闻、鼓吹新闻，甚至调查性新闻背后，都体现了不满足于仅仅是客观、被动地反映现实的主张。在他们看来，作为"第四势力"的新闻媒介，其力量在于积极地战斗。

然而，无论如何批评，客观性原则作为新闻专业的一种理想

（或者意识形态），已经深深扎根在新闻从业人员的信念和实际之中，成为一个"常识"。诚如坚决"捍卫客观性"的利希腾伯格（Lichtenberg，2000）所言，我们不能抛弃客观性理想，它的批评者也不能——抛弃现实独立于新闻的观点，批评者就失去了批评媒介的基础。客观性是我们理解世界的途径，也是判断信息可信性的标准和方法。同时，利希腾伯格也警告说，相信客观性不等于盲从。事实上，那些承认自己存有偏见和局限的人，比坚持认为自己是客观的人更有可能克服自身的偏见；相反，向他人宣称对客观坚信不移的人，则不是自大就是幼稚。

　　不过，经历了近百年的批评，今天人们对客观性原则的理解跟世纪之初的实践已经不再是一回事。就像哈克特和赵月枝（Hackett & Zhao，1998）所说，批评客观性，并非要抛弃讲述事实的新闻传统，而是通过对这一概念的反思和批判，理解其复杂性。我们不能回到肤浅的、幼稚的客观主义，但要求记者摒弃和克服自己的偏见，努力进行忠实的报道，总是利大于弊。现在，批评新闻客观性，目的是要争取更加好的客观性，就像在科学研究中一样，严格训练的观察，深入研究，在承认利益与前提可能影响新闻生产的基础上，真正克服它。

第九章　社会责任论：规范的修补

　　"责任"并非什么新名词，甚至在柏拉图、亚里士多德的著作中都有提及，而在密尔顿之后又不断有人重复。但是，将其作为一种理论、一种专业意识形态提出，却是20世纪中叶以来的新发展，是社会各方对新闻媒介发展中出现的新问题的批评和要求，也是新闻专业主义发展到一个新阶段的体现。

　　阿特休尔(1989)把社会责任论的哲学基础追溯到密尔的道德功利主义和卢梭的"总意志"论。密尔在为出版机构的言论自由辩护时，表达了公共机构所承担的社会责任。卢梭认为，人民的呼声高于一切，而人民的呼声在"总意志"中得到体现。最初，社会责任指个人对于社会的责任，如1834年英国的《济贫法》和1857年开始约翰·巴梭罗米·高以"社会责任"为题进行的一系列演讲，都强调对穷苦人民的救助。20世纪中叶，哈钦斯委员会提出"社会责任论"时，这一概念在商务、科学、教育等诸多领域均有所表述。

　　新闻传播领域的责任观可以追溯到杰弗逊。1788年，在支持旨在保护新闻自由的宪法第一修正案时，杰弗逊表示，如果刊登了"虚假的事实"，印刷商应当承担责任。在写给麦迪逊的一封信中，杰弗逊说道："联邦政府将永远不限制新闻业乐于出版的东西,但是,这个宣言并不放弃追究印刷虚假事实者的责任。"(Alts-chull,1990:115)。

在19世纪末20世纪初,人们批判媒介的商业主义问题时,责任概念再次成为社会对媒介的一种要求。1900年,社会心理学者威尔科克斯(Wilcox)博士在完成报纸的定量研究以后,对煽情主义提出了尖锐的批判;至于如何解决这一问题,他认为,政府管制和捐赠基金报纸都不是好办法,应当提倡媒介自己的"社会责任"。马尔佐夫认为,威尔科克斯是最早明确提出"社会责任"这一概念的人之一。

普利策的表述则反映了报人的觉醒。1904年,普利策撰文指出:"只有最高的理想、兢兢业业的正当行为、对于所涉及的问题具备正确知识以及真诚的道德责任感,才能使得报刊不屈从于商业利益,不寻求自私的目的,不反对公众的福利"(施拉姆等,1980:97)。

而真正把"社会责任"当作新闻的专业规范来要求,当从哈钦斯委员会的报告开始(阿特休尔,1989)。哈钦斯(Robert Hutchins)是芝加哥大学的校长,他从《时代》杂志老板亨利·卢斯处获得2万美元、大英百科全书·不列颠尼克公司(Encyclopaedia Britannica, Inc.)处获得1.5万美元的支助,于1944年组建了一个包括12位著名学者的委员会——"新闻自由委员会"(The Commission on Freedom of The Press),俗称哈钦斯委员会。1947年,委员会提交了第一份报告:《自由与负责的报刊》(*A Free and Responsible Press*)。正是在这份报告以及该委员会成员维廉·霍京(William Hocking)所著的《新闻自由:原则的纲要》中,社会责任论的原则得到了充分的论述。而第一次为责任论命名的则是施拉姆等人的《报刊的四种理论》(Altschull,1990)。

一、媒介批评与责任概念

彼德森在分析社会责任论产生的背景时,指出了四种推动力量:一是技术和工业革命改变了报刊的性质;二是各方面对报刊的尖锐批评;三是新的知识气候;四是报刊专业精神的增长(施拉姆等,1980)。

事实上,这些因素之间紧密相关。如上所述,新闻专业精神的发展与媒介批评相互交织:内外的压力迫使新闻媒介采取措施提升自己的专业水准。这些努力包括开展专业教育、成立专业协会、订立规章制度、提倡专业理念(客观性)等。这些措施对于改善专业表现虽然不无裨益,但是,却从未真正平息社会各方激烈的媒介批评。一方面,人们对于这些措施的原则与理论本身缺乏统一认识,对于如何实施也一直争论不休;另一方面,新闻媒介的新问题层出不穷,构成了媒介批评的新靶子。

彼德森将20世纪媒介批评的主题归纳为七个方面(同上:90—91):

(1)报刊为它自己的目的使用其巨大的力量。报刊老板特别在政治和经济问题上传播自己的意见,损害反对的意见。

(2)报刊为大商业效劳,并且有时让广告客户控制其编辑方针和编辑内容。

(3)报刊曾经对抗社会变革。

(4)报刊的时事报道,时常更多地注意肤浅的和刺激性的事件,而不注意当前发生的重要事件。它的娱乐材料常常缺乏积极的内容。

（5）报刊已经危害了社会道德。

（6）报刊无理地侵犯了个人的私生活。

（7）报刊被一个社会经济阶级——笼统地说即"商业阶级"——所控制，后来者就无法厕身这一事业。因此，这就危害了自由而公开的思想市场。

新闻媒介的这些罪状大多与媒介的商业性质有关，尤其是进入20世纪以后，新闻媒介的垄断趋势，成为几乎所有媒介问题的根源。技术和工业革命导致的媒介垄断，对传统的自由主义理论提出了挑战，先哲们提倡的"意见的自由市场"随着报刊市场的垄断而失去根基。"报刊也变成少数拥有者控制的工具。……日报的数目日渐减少，各城市的有竞争的报纸数目也在减少。五个大出版者拥有杂志发行量和杂志广告费的大部分。另外五家大公司生产几乎是美国人所看的全部电影。两三个大广播网实际上包办了全国广播电台的节目。"（同上：90）。

20世纪新的知识气候使得人们衡量、批评新闻媒介的标准也在开始发生变化。"达尔文—爱因斯坦"革命彻底摧毁了自由放任主义思想的根基，新思想与集体主义更接近、更和谐。与自由放任主义相比，社会责任论体现了对人性和政府的观念的转变。在自由放任主义者看来，人是理性的动物，能够独立思考，选择利益最大化的行为。因此，媒介的责任就是客观地报道，让人们获得决策所需的充分而无污染的信息；媒介可以支持一套它认为正确的观念、理论，因为在"意见的自由市场"中，真理会自然而然地获得胜利。至于政府，则被视为"数百年来集权统治的残余"（施拉姆，1992：121），其唯一责任就是保护新闻自由，使其免遭任何形式的限制和干扰。但是,20世纪科学知识的发展,改变了人们对于人的本性的看法。"在社会责任论下,人只是被看作不是那样冥顽不灵的没有理性。他能够运用他的理性,但是他厌倦这样作。结果,他就变成了野心家、广告商以及那些为达到自私目的而操纵他的人们的俘虏"(施拉姆等,1980:119)。至于政府,社会责任论将其视为"民主治理的产物"(施拉姆,1992:121),在督促媒介担负社会责任方面,应当更加主动。霍京在其报告《新闻自由:原则的纲要》中即明确表示,如果媒介不能自我约束、自行纠正错误,政府就有责任加以帮助,比如立法。

二、哈钦斯委员会的批评与建议(一):自由与责任

哈钦斯委员会的工作,体现了学术界将媒介批评理论化、专业化的努力。委员会成员包括来自芝加哥、耶鲁、哈佛等大学的社会科学、法学、经济学、政治学、哲学伦理学、人类学的专家,以及前助理国务卿、银行总裁等。在两年多时间内,他们进行了大量的调查、访谈,认真讨论了过去批评者的建议,以严谨的学术研究形式将其结论与建议报告出来。他们前后听取过58家报纸、杂志、广播电台、电影界人士的证词,收集了225人的意见。在撰写报告之前,他们提出并准备了176份文件和分析资料,召开过17次委员会全体会议。正是在这一意义上,马尔佐夫把哈钦斯委员会的批评视为专业化的媒介批评的先驱(Marzolf,1991)。

哈钦斯委员会的成立最初是由卢斯提议并支助的。根据会议记录,在与专家见面的唯一一次会议上,卢斯提出:委员会的任务是"让公众了解什么是理想的媒介,也让编辑知道他们必须如何

达到这一理想……在民众社会中,树立普遍一致的标准和新闻业的责任,是十分重要的。"在接受采访时,他甚至宣称"没有一套关于责任的理论,休想谈论自由问题"(Marzolf, 1991：164)。不过,卢斯真正担心的是"大政府"通过公共关系处理新闻、控制新闻界,他认为"新闻自由委员会"能够讨论这个问题。因此,当委员会的报告认为危险来自商业主义而非政府的时候,卢斯大失所望,贬斥委员会的报告"甚至缺少高中生的逻辑思维",并断然停止提供研究资金。后来,哈钦斯在其朋友的支助下,完成了这项研究。所以,哈钦斯的批评应当被视为独立的声音。事实上,在组建委员会时,哈钦斯就将媒介人员排除在外,在调查期间,也不对外开放。这在当时令许多新闻从业人员大光其火,要求其讨论会公开,但遭到拒绝。

哈钦斯委员会将批评的矛头直指新闻媒介的所有人。1947年,在一次新闻发布会上,哈钦斯说,委员会的报告针对业主和经理,而非编辑记者。委员会支持媒介的私人所有性质,但现在媒介的表现太糟糕,比如在劳资关系、种族问题,以及国内、国际报道等方面,媒介需要更多的批评。委员会成员、诗人、前助理国务卿阿奇博尔德·麦克利什(Archibald MacLeish)在讨论会上也指出,应当负责的是媒介所有人,而非从业人员(同上)。在其总报告《自由与负责的新闻业》中,委员会明确指出:"新闻自由的危险,部分源自新闻业经济结构的变化,部分源自现代社会的工业制度,在某种程度上,更是由于操纵新闻的人不能洞见一个现代化国家对新闻业的需求以及他们不能判断责任和不能承担需要新闻业肩负的责任所造成的。"(The Commission, 1947：2)。

不过,关于"责任"的问题,委员会本身也存在分歧。在英语中,表示责任意义的词很多,如 responsibility, accountability, liability 等。在杰弗逊的信中,使用的就是 liability 一词。哈钦斯委员会在 responsibility 和 accountability 的选择上,发生了争论。Accountability 可译为责任、义务、责求,它意味着由某些权力机构来执行标准,因此具有政治意义。Responsibility 表示责任,是自我认定的,非外在力量强加的,是一个实践的概念。麦克利什倾向于 accountability 并写进了 1946 年的草稿,但正式出版后改为 responsibility。从用词的选择,可以看出委员会对责任以及如何承担责任的认识。委员会认为,媒介所有人应当向公众显示其自我控制的能力和责任感,而公众应当帮助媒介达到更高的水准。

应当说,在如何督促媒介实践自身的责任方面,委员会的态度还是相当谨慎的。他们小心翼翼地保护着新闻自由的理念,避免政府的干涉。有关座谈会记录显示,他们曾经就许可证制度、限制个人所拥有的媒体数量、禁止跨媒体经营等问题进行过充分的讨论。但是,他们没有提出这样的建议。相反,在最后的报告中,他们表示,"政府控制可以治愈新闻自由带来的问题,但这是以阻断自由过程的危险为代价的",比如,即使是对媒介垄断的干预,也可能损害新闻自由(The Commission, 1947：2—5)。

不过,哈钦斯委员会对于自由的认识已经不同于过去,一方面,社会责任论恢复了自由含义中的道德义务内容,改变了自由放任主义重权利、轻义务的倾向;另一方面,社会责任论强调追求"积极自由",扩大和发展了新闻自由的外延。"自由放任主义者所寻求的,是从政府或其他外在限制机构的桎梏下解脱出来的自由。今天的自由,作为新理论刻意达成的目标,是使一种传播活动自如,来完成整个社会的需要。"(施拉姆,1992：122)。而媒介的根本责任就是要"维护自身的自由,以此来显示大众的知之权利"(同上:199)。

有了对自由概念的修正和扩充,政府有限度的作为也就有了依据。在强调"媒介的基本问题不可能通过更多的法律和政府行为而获得解决"的基础上,委员会对于政府的责任提出了五点建议(The Commission, 1947:82—89):

(1)宪法对于新闻自由的保护应当包括广播和电影;

(2)政府应当为传播工业拓展新领域提供便利,即鼓励采用新技术、保持竞争;

(3)作为现行排除诽谤言论方式的替代,应当通过立法来保证受害方有反驳和辩解的机会;

(4)在没有明显而现实的危险时,取消言论控制的法律以促进改革;

(5)由于私营媒介不能、不愿提供有关国家政策、外国情况的信息和解释,政府可以拥有自己的媒介。

三、哈钦斯委员会的批评与建议(二):媒介批评

哈钦斯委员会虽然指出了政府可以介入的方向,但它一再强调,"媒介和公众愿意做的越多,留给国家的就越少"(The Commission, 1947:79)。因此,他们将重心放在公众和新闻人身上,与过去许多批评者一样,他们呼吁开明的媒介所有人,呼吁市民的参与,呼吁提高从业人员的专业水准。

委员会承认,新闻业与法律、医药等专业相比,显然有较大的距离。"没有哪种公共服务比传播服务更重要,但是作为法律和

医药等专业组织精髓的个人责任,在传播行业却付之阙如"(The Commission, 1947:77)。委员会成员麦克利什认为,美国的媒介还没有建立一种机制来执行自己的专业标准,不论是通过伦理规范、专业组织,还是新闻院系。没有这种机制,即意味着新闻"还不是一个专业"(Marzolf, 1991:168)。不过,委员会对于正式的管理机构(如专业协会)持怀疑态度,认为这不是新闻专业应当追求的目标。他们更倾向于非制度化的管理——媒介批评。"如果专业组织并非我们所期待,专业理想和态度却仍然是必不可少的"。这种专业理想和态度在法律、医药等专业主要通过专业学校来培养,这些学校起到独立的批评中心的作用(The Commission, 1947:77—78)。但是,委员会认为美国的新闻院系陷于职业训练的泥潭,因此未能担当起这一责任。委员会对于新闻业缺乏相互批评也甚为不满,"发展媒介的最佳途径被媒介自己掐断了"(同上:65)。他们呼吁一种"媒介的媒介批评"或公开的批评,认为这是媒介保持自由而负责的唯一方法。

委员会对于新闻媒介也提出了五个建议(同上:92—96):

(1)大众传媒应当承担向公众提供信息和讨论渠道的责任;

(2)大众传媒应当承担资助新的、实验性的专业活动的责任;

(3)媒介成员应当相互批评;

(4)媒介应当采用一切办法促进从业人员的能力、独立与效率;

(5)广播工业应当自我控制,并像报纸那样对待广告。

除了新闻媒介的自我约束以外,哈钦斯委员会还对公众提出了建议,要求公众督促媒介实现其责任,并完成媒介未能完成的任务:

（1）建立非营利性机构，以提供美国人民所需要的多样、丰富、优良的新闻服务；

（2）成立学术与专业中心，以促进研究、调查及其成果的发表；

（3）设立一个新的、独立的机构，对新闻媒介的表现进行评价并发表年度报告。

设立独立评价、监督机构，是哈钦斯委员会落实媒介批评的一个重要设想。早在 1946 年 3 月，委员会的第一个报告《人民对人民说》（Peoples Speaking to Peoples）就建议设立一个由联合国指导的大众传播国际机构，以监视是否有违和平条约和严重不协调的媒介。在总报告中，委员会正式建议成立独立的公民代表机构，监督媒介的运作。哈钦斯把这一建议看作是报告中最重要的内容。但是经过 9 次大的修改，委员会成员之间争论、妥协，很多尖锐的声音被磨平了。按照设想，这一机构是一个独立的公民组织。它既不像电影行业那样的自律机构，也非压力团体或政府实体。它建立在事实和客观的基础上，不是仅仅批评，而是要提高实践标准。而且，为了保证其可靠与正直，最好设在大学里，由基金会资助。但这些具体设想未能发表，他们原本希望在监督机构的设想为人接受以后，再抛出具体方案。但未料想，报告甫出，即引来一片反对之声，而公众介入的监督机构就是批评的焦点之一。

委员会建议政府、媒介和受众承担这些责任，目的就是为了提升专业水准。为此，委员会总结、概括了五项标准，作为对新闻业的要求，同时，也是进行媒介批评的基本依据（同上：21—29）：

（1）媒介应当"提供当天事件的真实、全面而睿智的报道，并提供背景以便理解"；

（2）媒介应当成为"一个交换评论和批评的论坛"；

（3）媒介要描绘出"社会各个成员集团的典型图画"；

（4）媒介要负责"介绍和阐明社会的目标和美德"；

（5）媒介要使人们"便于获得当天的消息"。

四、对哈钦斯报告与社会责任论的批评

哈钦斯委员会的报告发表以后,遭到了新闻业的强烈反对。分歧的关键是媒介控制问题,即报告中建议成立的监视媒介的全国性公民组织,及其潜在的政府干预问题。正如施拉姆所言,没有人反对责任概念,真正的分歧在于如何保证实践责任。委员会对新闻专业的自我管理愿望持怀疑态度,他们警告说,如果媒介不能够自我纠正,就只有诉诸媒介以外的力量,"这些现在指导着报业机构的人,一次又一次地在做为社会所谴责的事情;如果继续这样下去,社会将不可避免地对之采取管制与控制的措施"(The Commission, 1947:1)。这在媒介看来,委员会是站错了队。

其实,哈钦斯委员会并非要与新闻界为敌,也毫无否定新闻自由的意思,恰恰相反,他们"受命于危难之际",是在新闻自由受到威胁时,挑起研究新闻媒介出路这份重担的。虽然他们与卢斯的观点有着巨大的差异,但目标却是一致的:保卫新闻自由。不过,他们是用修改自由定义的方式来达到这一目的的。但显然,新闻媒介并不乐意接受这样的修正。

哈钦斯委员会调和自由和责任的努力在当时并没有得到认可,直到现在,人们对其基本观点和要求争论不休。由于触动了新闻业最敏感的神经,他们的报告遭致各方面的抨击。保守势力在

报告中看到了对新闻自由的威胁，尤其是新闻界，对报告十分不满。ASNE 主席、纽约《先驱论坛报》编辑福雷斯特（Wilbur Forrest）说，报告受到一些"左翼团体和个人"的影响，他们"盼望政府的管理和控制"，"企图毁坏公众对美国新闻媒介的信任，也将威胁美国新闻媒介的国际信誉"（Marzolf, 1991: 169）。

个人主义还反对以任何形式剥夺个人的自由决断权。美国著名的自由主义新闻学者梅里尔认为，"责任"概念缺乏实际意义，只有新闻工作者个人能够决定什么是应该做的，因为个人自主是道德决策的前提。甚至反对自由主义、提倡社群主义的克里斯琴（Clifford G. Christians）教授在支持社会责任论的同时，也对积极自由持怀疑态度，担心"责任"可能招致的控制与审查（王怡红，1998）。

左翼的批评从相反的角度对社会责任论可能带来的控制结果表示了同样的担心。比如，阿特休尔即宣称"社会责任论"是"荒谬"的（阿特休尔，1989）。他认为，"社会责任"是个含糊不清的表述，因为社会是一个不确定的实体——社会如何有责任或权力来决定媒介是否对社会负责了呢？如果社会没有这个责任或权力，谁有？只有拥有政治和经济权力的人（Altschull, 1990）。因此，"社会责任再次肯定现存社会制度的同时又为那些自称信奉这一学说的人披上了一件冠冕堂皇的外衣"（阿特休尔，1989：344—345）。而且，在他看来，在逻辑上，自由和社会责任也是相互矛盾的，"既然新闻工作者是不自由的，他就不可能尽责"，而如果新闻工作者是一个自由的个体，那么他"就可以凭个人责任感行事"（同上：343）。

美国新闻界在争论之中，耽误了改革新闻业的实践。哈钦斯曾预言,起码 10 年后,他们的报告才能真正产生影响。事实上,这一时间比预料的更长。马尔佐夫认为,起码耽误了 20 年,"新闻业对哈钦斯报告的轻视,使得美国新闻媒介错过了一个发展和改进的机会。直到 20 年后,哈钦斯报告中的建议才有限地为媒介所采纳"(Marzolf,1991:6)。马尔佐夫指的是 70 年代开始建立的新闻评议会。但美国全国性新闻评议会的失败,还是暴露了社会责任论的根本缺陷:将道德权力依附于新闻自由,使得责任无从落实。

社会责任论本身缺乏实践指导价值也是阻碍其应用的一个原因。兰贝斯(Lambeth,1992)认为,社会责任论没能回答以下问题:1)新闻工作者进行道德决策的原则依据是什么? 2)在冲突发生时,哪些原则是必须坚持的,哪些原则可以放弃? 3)新闻工作者应该对谁负责? 自己、公众、雇主、还是同行? 4)新闻工作者应当如何处理以上这些关键问题? 是将它们视为手段,还是目的?尤其是当媒介以政府的监督者自居时。

不过,尽管批评不断,哈钦斯报告的洞见力与贡献无人能够抹杀。在纪念报告发表 50 周年时,俄勒冈大学新闻与传播学院院长格利森(Timothy W. Gleason)充满感情地说:"我们有 100 多年的历史证明,委员会对商业压力和新闻从业人员使命之间的矛盾的担忧是正当的;我们有超过 200 年的历史证明,委员会的观点——新闻工作者对其社会责任的接受程度将影响社会对媒介自由的看法——是正确的"(Gleason,1998:417)。

美国学者布朗夏尔(Margaret Blanchard)认为,是哈钦斯委员会使得新闻媒介批评被社会广泛认可(Marzolf,1991)。更重要的是,他们提出的"责任"概念,成为此后分析、批评媒介的一个重要标准。

李良荣(2002)教授将这种影响归纳为五个方面：

(1) 为公众评价西方的新闻媒介建立了一个价值体系,成为人们对大众传播媒介进行批评的武器,从而对传媒造成巨大的社会舆论压力。

(2) 西方各国的新闻媒介先后都依据社会责任论建构新闻道德自律,以及通过同业协会进行自我监督。

(3) 由于自律以及来自各方面的压力,使新闻媒介的煽情新闻在一定程度上得到抑制。

(4) 在一定程度上,影响了司法机构的判案标准。

(5) 社会责任论成为新闻从业人员培训和新闻教育的重要内容,教育了几代西方新闻从业人员。

可以说,责任概念已经成为美国新闻媒介专业理念的一个重要组成部分,是新闻专业规范的有机构成。

第十章　公共新闻学:规范的补充

一、媒介批评与公共新闻学运动的兴起

公共新闻学(public journalism)是 20 世纪 80 年代末 90 年代初在美国新闻界兴起的一个社会运动,是新闻界面对社会批评和信任危机而提出的解决方案(Dennis & Merrill, 2002)。它强调由公众而非新闻工作者来设置新闻报道的议程,对传统新闻规范形成了强烈挑战。从日常工作方法的角度,罗森(Rosen, 1999:22)对公共新闻学进行了全面的定义:

公共新闻学要求新闻工作者:1)视人民为市民、公共事务的潜在参与者,而非受害者或旁观者;2)帮助政治性社群针对问题而行动,而非仅仅知晓问题;3)改善公共讨论的环境,而非仅仅眼看着它被破坏;4)帮助改善公共生活,使得它值得人们关注。

如果新闻工作者能够找到恰当的方法解决这些问题,他们就能重新得到公众的信任,重新建立与逐渐远离的受众的关系,重新点燃专业的理想,以一种更实质的方式,促进美国民主的健康发展,而这才是给予新闻工作者特权和保护的原因所在。

公共新闻学的直接导因是对新闻媒介的政治报道,尤其是竞选报道的不满与批评。卡瑞(Carey, 1999)指出,1988 年大选过

后,美国社会普遍地表示了对政治及媒介的嫌恶。竞选运动退化成为一些口号和粗野的广告,而投票率则再创新低。政治变成了"局中人的棒球赛"(insider baseball)。"局中人的棒球赛"是小说家、文化观察家蒂迪恩(Joan Didion)对媒介竞选报道的称呼。她批评记者在1988年的总统大选中所创造的"公共叙事",事实上缺乏公共性。媒介报道把竞选过程当作政治目的本身,记者以局中人、专家而非市民的身份评价候选人的表现——当他说某某"表现不俗"时,有时仅仅是因为候选人成功地规避了问题或质疑,即候选人作为职业政客的技巧娴熟。蒂迪恩说,通过记者和其他专业人员的话语可以发现,竞选已经偏离了真正的公共生活,因为他们的语言越来越专业化,远非公众所能理解(Rosen,1991)。更多的学者讥讽新闻媒介的竞选报道是"赛马报道",只关心竞选活动与候选人的言行以及私生活,而对事关公众切身利益的公共事务缺乏深入、持续的报道。甚至新闻媒介自己也开始表达对竞选报道的不满:NBC新闻节目的一个主管拉瑟特(Timothy J. Russert)在《纽约时报》上公开表示,没有人对1988年的大选报道满意,他呼吁改革广播网的新闻报道。

针对上述问题,学者们提倡更为积极的媒介表现。1990年1月3日,布鲁德(David Broder)在华盛顿邮报上发表专栏文章《民主与媒介》,呼吁新闻工作者积极行动起来——不做任何特定政党或政客利益的代表,而成为自我管理程序的代表。纽约大学的罗森(Jay Rosen)教授被称为"公共新闻学之父",他呼吁,新闻业应当更加开放,成为公众的民主论坛;新闻媒介不能仅仅满足于向公众提供信息,因为民主政治的基础已经被破坏,理智、知理的公众已经不复存在,因此,在告知(inform)公众之前,新闻媒介应当首先塑造(form)公众(Rosen,1991,1999)。

公共新闻学的主要实践者是报纸而非广播电视。公认的公共新闻学实践先驱是佐治亚州哥伦布市的《脚手架横木—追寻者报》(*Ledger-Enquirer*)。该报编辑斯威夫特(Jack Swift)在1987年策划了一个活动,旨在了解当地居民对其居住城市的现状与未来的基本观点。在Knight-Ridder基金会的支助下,他们进行了大规模的民意测验和问卷调查,并指派记者对众多市民进行了深入访谈,其结果以"哥伦布超越2000:进步的议程"(Columbus Beyond 2000:Agenda For Progress)为题,1988年春在报纸上连载。斯威夫特事后回忆说,他们开始也像以往一样等待别人来对报道中涉及的问题予以反应、解决。但是,这个系列报道发表后也像过去的许多报道一样,甚至没有激起一点涟漪。于是,他们决定自己行动起来。1990年,斯威夫特组织了一个特别报道组,举办了一系列镇民大会和后院野餐活动,以促进市民的政治参与。

其他有影响的公共新闻学报道还有艾伦(Dale Allen)的系列报道"肤色问题"(A Question of Color),主要目的是改善俄亥俄州阿克伦市的种族关系。艾伦是美国俄亥俄州阿克伦市的《阿克伦灯塔报》(*Akron Beacon Journal*)的编辑,这组报道赢得了1994年普利策公共服务奖。在1993年12月,系列报道结束后,该报要求读者寄回报纸副券,以示对这一活动的支持。结果,有22 000市民寄回了副券。另外,该报还准备了10 000件印有"走到一起来"字样的T恤、帽子等。这一活动被一些人视为经典范例。

公共新闻学运动的蓬勃发展,得力于一些独立基金会的支持,其中较有影响的是:俄亥俄凯特灵基金会(Ohio Kettering Foundation)、骑士基金会(Knight)和教友纪念信托基金(Pew Memorial

Trusts)。教友信托基金还设立了价值 25 000 美元的年度奖项,专门奖励公共新闻学实践的杰出人物。其他支持公共新闻学的基金还有广播电视新闻主管基金(Radio And Television News Directors Foundation, RTNDF)。

公共新闻学运动也得到了许多知名新闻传播学者的支持,比如伊利诺伊大学的克里斯琴(Clifford Christians),密苏里大学的兰贝斯(Edmund Lambeth)和索森(Esther Thorson),北卡罗来纳大学的迈耶(Philip Meyer),斯坦福大学的格拉瑟(Theodore Glasser)等。公共新闻学运动的一些积极推动者,在阐释公共新闻学理念的同时,还直接地投身于公共新闻学的实践,比如,梅里特(Davis "Buzz" Merritt)既是公共新闻学的理论家又是实践家,他的著作《公共新闻学与公共生活:为什么报道新闻还不够》,在美国新闻界具有较大影响,同时,他又是《维奇塔鹰报》(*The Wichita Eagle*)的编辑,该报在公共新闻学运动中十分活跃。

在媒介、学者和基金会的合力之下,公共新闻学在全美许多城市推广,不仅许多报纸起而效法,而且广播电视也开始采用公共新闻学的一些做法。到 1995 年时,已有 200 多个公共新闻学项目付诸实施或准备实施。同年,甘内特新闻集团在《编辑与发行人》杂志的封面刊登广告:"我们笃信'公共新闻学',并已为之奋斗数年"。罗森(Rosen, 1994)认为,1990—1994 年是公共新闻学的示范阶段,从 1994 年开始,公共新闻学开始进入新闻业的常规。

不过,公共新闻学主要阵地似乎是美国大学中的新闻院系,在一些媒介组织也有实践者,但大多数媒介反对,尤其是《纽约时报》、《华盛顿邮报》等主流媒介。也只有很少的媒介批评家支持它。在经历了 10 多年的热闹以后,公共新闻学有衰退之相,一些支持者转而从事其他活动。支持公共新闻学的基金会也受到了企图控制媒介议程的严厉批评。但是,在美国,公共新闻学仍然拥有强有力的支持者(Dennis & Merrill, 2002)。

二、公共新闻学的社会与思想基础

公共新闻学的思想先驱:杜威

虽然有人把杰弗逊、洛克和密尔看作是公共新闻学的思想根源,但对于大多数公共新闻学的支持者来说,杜威的思想是公共新闻学的基础。具体地说,它源于 20 世纪初杜威与李普曼有关新闻媒介在民主社会中的角色的争论,主要是杜威 1927 年的一篇文章:《公众及其问题》(*The Public and Its Problems*)。

在论文中,杜威把沟通看作解决美国民主问题的答案。杜威重视沟通的作用,但他不同意李普曼的专家管理方法,而是提倡市民的参与和积极的媒介角色。

卡瑞总结了杜威与李普曼的辩论。在李普曼看来,只要个体能够对世界拥有正确的认识,就能形成有效的舆论,而报纸在民主社会中的功能就是正确地呈现这个世界。而杜威则认为,即使正确的呈现能够实现,也不能形成舆论,舆论只能在讨论中产生,在积极的社群生活中产生。媒介不是报道信息,而是凸显、讲故事、积极地调查。调查本身就是一种更系统化的对话和讨论。杜威认为,仅有对于世界的报道是不够的,这是前提条件,但人们必须参与讨论有关新闻报道的问题。对话而非报纸,才是真正的民主的媒介(Rosen, 1999)。

法洛斯(James Fallows)在其著作《阻断新闻》(*Breaking the News*)中写道:在杜威看来,如果人民远离、仇恨政府,那不全是公众的错,新闻工作者也没有做好自己的工作:吸引人民参与到民主讨论的过程中来。

罗森(Rosen,1999)也认为,人们现在对媒介的不满,不是因为媒介没有达到李普曼的理想,而是源于杜威认识到的问题:人民并没有参与到政治、公共生活中去,没有参与到媒介的讨论中去。媒介似乎只是在谈论人民,而非与人们交谈或对人民说话(talk at people rather than with or even to them)。

事实上,杜威与李普曼的争论关涉媒介与政府的基本矛盾,也是媒介批评与争论的恒久话题。在 20 年代,李普曼的方法比杜威赢得了更广泛的支持。在社会责任论中,杜威的观念部分地得到了体现,但不完整。在调查性新闻的热潮中,人们又追溯了杜威的思想,但这条道路也没有得到普及。

为什么总是回归杜威,而又总是拒绝他? 为什么这次人们又接受了呢?

因为,20 世纪 90 年代的美国与 70 年前相比,其社会现实与社会精神都发生了巨大的变化。

公共新闻学的理论基础:社群主义

不少学者视社群主义(communitarianism)为公共新闻学的理论基础。早在 1993 年,克里斯琴、费雷和费克勒(Christians, Ferre, and Fackler)在其著作《善的新闻》(*Good News*)中,公开呼吁抛弃自由主义,提倡社群主义。不过,当时他们没有明确把公共新闻学作为解决新闻业问题的手段。霍奇(L. W. Hodges)在

1996 年明确地将公共新闻学与社群主义相联系。科尔曼(Renita Coleman)也将社群主义视为公共新闻学的伦理学基础,并且为从业人员解决实际问题提供了运用原则。有的学者甚至直接将这一运动称为社群主义新闻学(Coleman, 1997, 2000)。

社群主义是近年来西方兴起的一股强大的哲学思潮,是一批学者在对 70 年代以来以罗尔斯为代表的新自由主义的批评过程中逐渐形成的,在 80 年代时,已经成为西方政治哲学的两大流派之一。1991 年,美国 50 名学者和政治家签发了一份长达 14 页的政治宣言,其名称就是"负责的社群主义政纲:权利与责任",这标志着社群主义已经走出书斋,走向社会。这份宣言宣称:"我们认为,没有一种社群主义的世界观,个人的权利就不能长久得以保存。社群主义既承认个人的尊严,又承认人类存在的社会性。"(俞可平,1998:1)

社群主义认为个人的存在离不开社群,自我的本质是社群的属性,因而抽象的个人权利是没有意义的,个人权利必须通过某种成员资格得到体现。社群主义者认为善(good)优先于权利,而普遍的善在现实社会中的物化形式就是公共利益,因此,公共利益优先于个人权利。正是在这一意义上,社群主义的核心人物桑德尔(Michael Sandel)区分了个人主义和社群主义:"作为个人主义意义上的自由主义是权利的政治学,而社群主义是公益的政治学。这表明,自由主义关注如何限定政治的范围,而社群主义关注如何扩展政治的范围。"(阿维尼里、德夏里特,1998:138)。用这一观点来观照新闻媒介,桑德尔在 1982 年时即表示,传播自由与其说是个人权利,不如说是公共承诺。

至于社群主义对公共新闻学的理论支撑,科尔曼认为体现在两者的相同点上:社群主义者希望通过提高市民的参与来解决问题,公共新闻学建议新闻工作者扮演更加积极的角色,以推动市民参与公共生活;社群主义避免极端、寻求中间道路,公共新闻学关心改变报道框架的极端对立,更多地集中于大多数美国人所持有的中间立场;社群主义视媒介化社会为社群消失的主要原因,公共新闻学则希望通过提倡责任而非仅仅是权利来解决自己造成的问题;社群主义希望恢复候选人之间坦诚的辩论,而公共新闻学则意识到赛马似的报道在探讨重要问题上的缺陷;社群主义呼吁多元的市民声音,而公共新闻学则期望报道人民的真正声音,而非仅仅是官员和专家的声音(Coleman, 2000)。

公共新闻学的社会基础

公共新闻学的鼓吹者很少深入分析这一运动的社会背景与原因。事实上,无论是杜威思想的重申,还是社群主义的借鉴,除了自由主义哲学以及建立在这一哲学思想上的客观新闻学自身存在的矛盾与问题外,媒介自身及其环境的变化也是重要原因。

首先是媒介自身的变化。在电子媒介、数字媒介的强大优势面前,传统媒介体验了前所未有的生存危机。再加上报纸在20世纪80年代里根总统时期的拙劣表现,以及1988年竞选中为布什摇旗呐喊、种族影射等问题,导致发行量下降,尤其是在青年人中的下降。因此,有批评者认为公共新闻学是美国报纸在电子媒体的竞争压力下,为挽回不可避免的失败而抓住的一根救命稻草(Dennis & Merrill, 2002),这种看法有一定的道理。但更为重要的是,无论是报纸,还是广播电视,在面临激烈的媒介批评时,深刻地感受到了自身的合法性危机。正如卡瑞所说,媒介是"被自己的胜利打败了。为了更好地面对日益壮大的政治势力和适应经济形势,媒介也越来越庞大;为了更好地代表人民的利益,它与被代表的人民越来越远"(Carey, 1999:58)。

其次是媒介环境的变化。卡瑞认为,水门事件以后,媒介逐渐成为权力机构的囚徒。新闻业不再是人民的代表,一方面是因为没有人民可以代表;另一方面是因为政治也"再封建化"了(Carey, 1999)。

俞可平(1998)指出的社群主义兴起的现实基础,在某种程度上也可看作是公共新闻学兴起的间接因素。俞可平认为,除了建立在个人主义哲学基础上的西方政治的固有缺陷外,近几十年来,又出现了一些新的问题:

一是20世纪80年代以后,随着跨国公司的权力扩张,西方社会的国家能力进一步弱化,在一定程度上损害了公民个人的利益。

二是中间性群体的衰落。随着积极生活的一体化,社会生活和政治生活也日益一体化,各种利益团体、中间性团体(如教会、社区等)的作用严重削弱。

三是在传统社群日益衰落的同时,一些新的社群却在西方国家中出现,并且在社会生活中发生着越来越重要的作用。

四是20世纪70年代后兴起的新人权运动,强调"和平权"、"发展权"、"资源共享权"等集体享用的权利,其特点是这些权利必须建立在社群关系的基础之上。

美国的公共新闻学运动自觉或不自觉地应这些新变化、新问题而产生,总体上被视为"进步主义"的改革。但是,由于公共新闻学运动的理论家与实践者缺乏对这些社会、政治背景的深刻理解与把握,一些做法与新的政治形势不相吻合,有时甚至互相冲

突,从而导致了难以克服的矛盾,招致了尖锐的批评,这将在下文
详述。

三、公共新闻学的专业定位:与社会责任论、调查性新闻、公共服务媒介的联系与区别

公共新闻学是美国新闻业的创新,还是新瓶装旧酒?是既有
理念的继承、发展,还是专业理念的革命?激进的批评者认为公共
新闻学并未在实质上突破传统的专业范式,而传统新闻学的捍卫
者则视公共新闻学为异端、另类,对传统理念构成了威胁。也许,
这两种观点都有一定的合理性,但又都夸大其词。本文认为,公共
新闻学继承和发扬了美国新闻业早已存在的一种传统——对责任
的强调和主动的媒介观,改变了美国新闻业不同传统之间的力量
对比,让人看到了革新的曙光,但离真正的改革尚有漫长的距离。
本节主要通过公共新闻学与社会责任论、调查性新闻、公共媒体的
联系与区别,来确定公共新闻学在新闻专业主义族谱中的地位。

公共新闻学与社会责任论的异同

毫无疑问,公共新闻学和社会责任论都是在批评自由主义新
闻学的基础上建立起来的,也都强调新闻媒介对社会(社区)的责
任,公共新闻学的一些鼓吹者也将社会责任论视为它的先驱,但
是,两者的区别十分明显:

首先,两者的哲学基础不同。社会责任论批评自由主义,但并
没有丝毫抛弃、取代自由主义的意思,相反,社会责任论希望通过

加入责任的概念,修补、完善自由主义的思想,从而捍卫自由主义理想。而公共新闻学的哲学基础社群主义被视为自由主义的挑战者,是与自由主义不同的一种思想流派。

其次,两者的责任内涵不同。社会责任论要求媒介对抽象的社会负责,而责任的核心内容则是保护新闻自由与公众的知情权。相比之下,公共新闻学的责任内涵更加具体、明确:改善公共舆论环境、帮助公众针对问题而行动,最终促进美国民主的健康发展。这种明确性使得责任变得切实可行,让新闻从业人员有"法"可依。不过,这种明确性同时也意味着狭隘性,它强调媒介的政治责任,忽略了媒介的文化责任。J·D·彼得斯说,公共新闻学是严肃的、崇高的、直截了当的,但它"忽略了民主生活中的传播形式的多样性"(Peters,1999:110)。

最后,两者的实践方式也不一样。社会责任论的抽象性使其"缺乏实践指导价值"(Lambeth,1992),始终仅仅是一个理论而难以付诸实施。公共新闻学则相反,它不仅是"新闻从业人员自觉的、有组织的集体行为"(Carey,1999:58),而且努力将新闻从业人员、新闻学者、公众三者的积极性调动起来,使新闻实践更具开放性(Rosen,1991)。

公共新闻学与调查性新闻的异同

公共新闻学或多或少地继承了调查性新闻的积极行动理念。调查性新闻不满于客观新闻的被动反映、客观冷静,他们以十分积极主动的姿态投入到调查、揭丑的活动当中。公共新闻学也强调行动,罗森(Rosen,1991,1999)借鉴了阿登特(H. Ardent)有关行为(behave)和行动(action)的区别,鼓励一种积极的专业精神。根据阿登特的观点,行为是根据组织压力和自主性习惯的活动,而行动则是很多人依据一定的理念行动,他们打破了固定的常规,开创了一种新的可能性。

从扒粪运动,到社会责任论,再到调查性新闻,其间有一种一以贯之的精神,那就是责任与怀疑。阿特休尔(Altschull, 1990)曾尖锐地指出,扒粪者(muckrakers)是媒介的调查精神的象征。"扒粪者"是美国总统西奥多·罗斯福对揭露性文学(包括新闻报道)的统称。罗斯福把煽情作家比作小说《天路历程》中那个不仰头看天国的王冠、只顾扒集污物的"带粪耙的人"。但是,改革者后来把这一贬义性称呼当作一枚光荣的勋章而欣然接受,把它视为民主媒介的浓缩、真正的人民论坛。哈钦斯委员会集中批评了黄色新闻工作者和扒粪者,他们反对煽情主义,却支持调查性报道。调查性新闻工作者也自视为社会的良心,要实践社会责任论。从抽象的概念来看,公共新闻学和调查性新闻对于责任的强调,是它们区别于强调自由的传统新闻学的标志。但责任背后的哲学精神却大为不同。

调查性新闻浸透了怀疑主义的精神。1971 年,莫依尼汉(Daniel Patrick Moynihan)把调查性新闻归入敌对文化的范畴,令新闻圈为之震惊。阿特休尔(Altschull, 1990)指出,他的结论引发了一个更深的问题:美国新闻从业人员的信念到底是什么? 阿特休尔认为,不能将敌对文化与媒介—政府间的对立相等同,前者更深刻:怀疑主义姿态就是敌对。扒粪当然是美国新闻业的一个传统,它形象地代表了新闻业的怀疑主义,尤其是在 20 世纪 60 年代的乐观主义蒸发以后,悲观主义、愤世嫉俗与怀疑主义笼罩了美国的新闻界。哲学的怀疑主义认为绝对知识不可能,调查过程必须包括不断地检验。因此,阿特休尔认为,当代新闻的核心价值应当是明达的怀疑主义,应当使其成为专业意识形态的一部分。

而公共新闻学则相反,公共新闻学要求新闻工作者玩"信任游戏"(Pauly, 1999)——暂时收起疑心,倾听他人。而且,公共新闻学本身就是在批评传统媒介与政治所造成的愤世嫉俗、信用危机、政治冷漠、社会疏离中崛起的,其使命就是要挽救这种怀疑主义。人们批评传统新闻媒介与新闻来源之间无休无止的斗争,使得公众倍感厌倦,导致对双方都不信任,而公共新闻学的使命即修补公众、媒介与新闻来源之间的关系,填补信任鸿沟。比如,面对批评者关于负面报道多、爱走极端的指责,媒介让支持者和反对者坐在一起,共同协商讨论诸如堕胎是否合法之类的问题,以促进问题的解决,而非简单的平衡报道、加剧社会敌对和分化。

由此,又导致了公共新闻学与调查性新闻分野的第二个特征:与公众的关系。伊森(D. L. Eason)认为,调查性新闻业的悖论是,他们虽然自视为人民的代表,但事实上他们与新闻来源的关系过于密切,反而疏远了他们所代表的人民。新闻工作者所做的和公众的需要之间有一个不可填补的鸿沟。另外,调查性新闻记者不重视本地新闻,他们认为自己的价值是更广泛的(Coleman, 1997)。公共新闻学则不然,他们通过各种手段加强与受众,尤其是当地受众的互动。而且,他们希望通过媒介的作用,加强公众之间的联系,以协商、对话的形式解决现实问题。因此,在公共新闻学的字典里,联系(connections)、连通性(connectedness)是核心概念。

公共新闻学与公共服务媒介的异同

乍一看来,公共新闻学并非什么新思想,它与早已存在、并备受批评的公共服务媒介似乎是一回事。的确,单从名称来看,两者都以"公共"为限定词,都体现了对公共性的强调。但是,两者的相似之处仅此而已,它们对于如何实现媒介的公共性有着本质的区别。

公共服务媒介在西方国家以广播电视为主,是区别于私营和国营的第三种管理模式:公营。公营媒介不以营利为目的,主要经费来源于国会拨款、企业赞助、公众捐款等。其主要目的是使有限的公共资源能够更充分地为公众服务。美国的广播电视以私营为主,直到 20 世纪 60 年代才开始出现这种公营的新闻媒介,如1968 年成立的公共广播公司(CPB)以及 1969 年由其组建的公共电视网(PBS)和 1971 年的公共广播网。从 80 年代开始,面对社会各界的批评和新自由主义的盛行,广播电视领域解除管制的浪潮席卷整个西方社会,公共服务媒介面临了前所未有的合法性危机和实际困难。

在以私营模式为媒介主导的美国,在解除管制浪潮中出现的公共新闻学,丝毫没有重振公营媒介的意思,相反,公共新闻学强调的是在私营体制与传统框架内的改革,呼吁私人所有的媒介更具有公开性。如罗森指出,媒介公司的企业文化要更具开放性,则必须是真正的文化导向,而非仅仅以利润为中心(Rosen, 1991)。舒德森(Schudson, 1999)将这一运动视为新闻业自身的民主化努力。他认为公共新闻学没能走出第四条道路:市场、政党、专业以外的道路——将权威诉诸公众。相反,它要求公众更加信任新闻业。但是,公共新闻学既没有提供新闻媒介的责任系统,也没有公民的媒介评论委员会或全国新闻评议会。没有建议公开选举发行人或编辑;没有建议媒体的正式或非正式的向政府或社区实体负责;也没有像瑞典那样由政府资助新闻媒介以保证多元化。因此,舒德森指出这场改革实质上是保守主义的。

这与公共新闻学的哲学基础——社群主义——的本质密切相关。社群主义扩展了自由主义—多元主义理论背景下有关媒介的角色和功能的观点,但在抨击个人主义的同时仍然保留了资本主义。因此,社群主义语境中的公共新闻学理论,也不可避免地忽略了传播的经济和政治控制、私有财产观念和私人所有的社会结构(Hardt, 1999)。

四、公共新闻学面临的批评与困境

公共新闻学运动本身在美国也变成了一个公众问题(Rosen, 1999):一方面,它本身就是在有关媒介及其困境的公共对话中产生、发展的。新闻媒介进行了大量的实践,学者进行了广泛深入的研究,而且,公民激进分子、社区建设者、相关组织也参与其中;另一方面,公共新闻学得到了有意识、有目的的推广,一些项目从开始就有完整的记录,被制作成纪录片播放。

公共新闻学被描述为一场进步主义的改革,不少新闻工作者把公共新闻学视为一种时尚,如果不跟着说两句,就显得不入时(Corrigan, 1999)。因此,对它进行批评就像是"庆贺的拳头就要高高举起,却要将其收回"(Zelizer, 1999:155),既显得不合时宜,也不"进步"。但这并不意味着公共新闻学完美无缺,在理论和实践方面,公共新闻学都存在无法回避的矛盾和问题。而且事实上,这10多年来,围绕着公共新闻学展开的讨论与批评,激烈程度不亚于以往任何时候。

在理论上,公共新闻学的媒介观、受众观和民主观都存在着自相矛盾和不切实际的问题。

首先是公共新闻学的民主观。平心而论,公共新闻学希望促进民主的发展,但它对于民主的理解却是肤浅的、陈旧的。公共新闻学的鼓吹者声称师法杜威,但他们对杜威的理解却十分片面,更何况20世纪90年代的美国与20年代的美国已相去甚远,杜威的办法解决不了70年后的问题。

公共新闻学发展民主的主要方法是促进社区市民面对面的对话,但是,他们对于对话和社区都有误解。在民主社会,对话当然很重要,对话对于民主是至关重要的,但也可能破坏民主,如果每一件事都要充分讨论,将失去效率,同时妨碍人们参与对话。对话的方式也很重要,以大公司拥有、以形象为基础的当代美国政治体制歪曲了对话的性质,所以公共新闻学提倡面对面的对话,但即使在小范围内的对话也可能被操纵、歪曲、阻挠,而不能获得一致。而且,这种对对话民主的推崇也忽视了其他的民主形式,如马丁·路德·金、拉·甘地等领导的公共行动,等等。另外,民主生活应当还包括那些不能或不愿参与讨论的主体,比如外国人、老人、儿童、持不同政见者、文盲等。

更进一步说,市民也有不参与政治的自由,因为人们的精力有限,政治活动既费时又费事(Peters, 1999)。有的学者甚至认为,现在的问题就是参与度太高了,信息太多了。如果媒介能做什么,那就是减弱人们的政治兴趣。如果我们承认大多数人对政治不感兴趣,媒介的作用就不是传播者,而是公众的保护人,代表公众建设政治过程。舒德森不主张打消人们的政治积极性,但他认为,应当教授人们妥协的艺术(Schudson, 1995)。

对于社区在民主政治中作用的误解则体现了杜威自己所说的"街坊式的乡愁"(neighborhood of nostalgia)。面对面的对话民主的典范是17、18世纪的新英格兰似的镇民大会,但即使在杜威与李普曼论战的20年代,这种对话民主,也已经失去现实基础。因此,过去推崇杜威的彼得斯(Peters, 1999)也承认,在以下方面,李普曼是对的。第一,对于一个大国来说,传递而非对话是政治传播的主导形式;第二,民主经常会失败。在当代美国社会,社区生活远比20年代要复杂得多,芝加哥的一项调查显示,27%的居民隶属于自愿性的组织,但其中不到一半是邻居间的聚会。而且,现在许多社区行动首先是由外部的力量推动的,如20世纪60—70年代的女权运动。因此,舒德森认为,公共新闻学的提倡者对现代公共生活的性质缺乏了解。公共新闻学关于社区有三个基本假设:第一,社区是地理性的邻居;第二,社区与政府相对;第三,社区与公共生活一致——这些假设都是不全面的、错误的(Schudson, 1999)。

其次是公共新闻学的受众观。公共新闻学的基本观点是新闻工作者应当更加主动地构建公共领域,其隐含的假设是:公众已变得越来越被动。他们不知道什么是对其有益的(只有生机勃勃的公共生活才是有益的),也不愿意积极地去创造这样的环境。公共新闻学的目标就是要使公众更加积极、主动。但是,半个多世纪的新闻传播学研究表明,受众并非被动的靶子,如选择性理论、使用与满足理论、编码与解码理论等。而且,公共新闻学也忘了受众的非理性的一面。

在如何对待"被动"的受众问题上,公共新闻学的态度也是自相矛盾的。公共新闻学就像是进步主义时代的改革一样,一方面呼吁赋予人民权利;另一方面却又委托精英和专家,让他们对公众负责。在技术上,公共新闻学体现了对受众的尊重,如民意测验、焦点群体访谈等,但在为受众决定需要考虑的问题方面,新闻工作者又是独断的。因此,舒德森(Schudson, 1999)指出,公共新闻学既是精英主义的,又是民粹主义的,同时,还是程序主义的(现行的民主程序也是以理性、明达的公民为前提)。

一些学者还认为,公共新闻学对于作为公众的受众并非有益,从而走向其初衷的反面。公共新闻学要能够有效地运作,必须由少数人决策,而这实质上又是精英主义的回笼,而且比过去更危险。更有甚者,公共新闻学有可能分裂公众。媒介提供的更加细分化的公共生活讯息,使新闻报道沦为"公共幻想的索引"(an index of the public imagination)。因为为了适应当今的公共话语,我们可能听到更多的声音——不是一个统一的社区,而是像大卖场一样充满了嘈杂的声音(Zelizer, 1999)。

最后是公共新闻学的媒介观。公共新闻学批评传统新闻学为"堡垒新闻学"(fortress journalism):新闻媒介只关心自己的专业地位与权威,新闻业成了新闻工作者的事业,而非民主社会的需要。新闻自由这一响亮的口号,更多地意味着隔绝而非激励。新闻工作者以宪法第一修正案为盾牌,以此来抵御责任的要求(Rosen, 1999)。传统客观新闻学对鼓吹手形象的恐惧,排除了媒介处于权力中心的机会,而只有在那里媒介才能产生影响(Glasser, 1999)。

"堡垒新闻学"的反击在预料之中。NBC 新闻部、美国报纸编辑协会的前任主席加特勒(Michael Gartner)在职业新闻工作者协会上发言时,将公共新闻学视为一种威胁。当时的"调查性记者和编辑协会"的主任阿莫(Rosemary Armao)把参与公共新闻学的人称为"异教徒"。《纽约时报》则在社论版警告"智力低下的公共新闻学之潮"对新闻可靠性的危害。前《波士顿环球报》编辑、新闻学院主任詹韦(Michael Janeway)说:对于我们角色的反思只属于新闻学院和社论版对页,而非手持刀枪、瞄准下一个水门的记者编辑。《纽约时报》的前任编辑法兰克尔(Max Frankel)则断言,公共新闻学不可能成为新闻业新的意识形态。他的意思是,我们已经有一个了,不需要新的。他说"让改革者去改革吧"(Rosen,1999)。

但是,一些反对"堡垒新闻学"的学者也批评公共新闻学不切实际。彼得斯(Peters,1999)认为公共新闻学把媒介视为公共对话的煽动者,歪曲了媒介的形象,也使其负担了过重的社会责任。他说,媒介的民主性就体现在平等的政治知识接触之上。媒介应当为民主提供知识或渠道,而非参与互动。也就是说,对话不是唯一有用的传播模式,传递模式同样重要。而且也更具现实性。

在一些学者看来,公共新闻学仍然持有"媒介中心观",强调媒介自身的力量和控制力,是"堡垒新闻学"的变种或继续(Schudson,1999;Hardt,1999)。公共新闻学自视为民主的救星和图腾,以为挽救了新闻业,就可以挽救民主(Pauly,1999)。而对于政治学家来说,媒介并非民主毛病的主要根源,改革需要从媒介以外着手(Schudson,1995)。

与"堡垒新闻学"的批评相反,另一些批评则认为公共新闻学的改革步伐还不够。帕里斯(Parisi, 1997)称赞公共新闻学抛弃了传统观念——传统上认为新闻报道是外部事实的透明陈述。他认为公共新闻学实际上承认新闻是一种叙事,一种对事件的完整讲述,并不可避免地导入特定社会价值。但是在实践中,公共新闻学将自己局限于社区议程与解决途径,从而在实质上成为一种更"高级的客观性"(higher objectivity)。公共新闻学通过各种手段了解社区公众关心的议题,并依赖社区公众的讨论来解决问题。他们压抑了叙事者的个人存在,满足于列举各种观点,包括边缘化群体的观点。因此,我们需要的既非传统的,也非公共的新闻实践,我们必须全面接受新闻工作者自己追求和解决问题的叙事责任(narratorial responsibility)。

在具体实践中,公共新闻学的一些做法也成为人们批评的靶子。公共新闻学动员读者的办法被视为报纸推销、公关的手段;制造社区感也是黄色新闻业的基本技巧。让公众参与讨论是现在公共新闻学的基本口号,而在一个世纪以前,黄色报纸上的普通老百姓的名字远比当时的体面报纸要多。从普利策的实践来看,在发行技巧和启蒙公众之间,很难划出一条清晰的界线。19世纪90年代中期,副券(coupon)即开始出现在报纸上,比如,赫斯特曾动员他的读者利用报纸上的副券表达他们对于正在讨论的问题的看法:将副券剪下来、寄出去。

公共新闻学运动中的新闻媒介与政府机构、政客和市民团体的关系越来越密切,批评家担心媒介再次被操纵、利用,并且卷入新闻媒介所属集团自身的利益纠葛之中。

对于公共新闻学的批评,有些是误解,有些是偏见,也有些是操作中的问题,可以通过坚持公共新闻学的原则得到解决。不过,也有些问题是根本性的,公共新闻学理论本身无法克服。但无论如何,公共新闻学为美国新闻界注入了一股清流,为探讨新闻专业理念和实践更深入的变革提供了契机。

结语　媒介批评:共识与歧见

行文至最后,不得不回答一个关键问题:如何评价美国的新闻媒介批评?

然而,本文有关媒介批评性质——叙事——的认定又给任何评价带来困难。首先,将媒介批评视为叙事,就承认了每种批评的平等性与合理性;同时,对媒介批评的批评也只能是一种叙事,是多种合理性之一种。其次,如果一定要评价,那么,站在何种立场、以何种标准来评价?

如果说,媒介批评的目标是促进媒介改革与发展,从而间接地带动社会的发展与进步,那么,从媒介批评对新闻专业的影响来看,媒介批评既建构了新闻的专业权威,又解构了专业权威;既建构了新闻的专业规范,又解构了专业规范。

作为现代社会公共空间主导形式的媒介(哈贝马斯,1999),利用手中的话语资源,成功地将对自身的批评转换为树立自我权威和认同的策略与手段。在媒介实践批评方面,媒介几乎成了"私人空间"。当然,媒介不可能绝对垄断这一空间,且不说媒介自身并非铁板一块,美国媒介内部不同价值观的争论从未休止,也不说新媒介(如互联网)大大拓展了话语的空间,媒介作为话语空间本身也不可能切断自己的政治、经济资源,从而不可避免地使这一空间具有开放性,美国新闻专业规范的发展与变化即在一定程度上体现了媒介批评的作用。不过,这种开放是有限的、被动的,需要社会各话语主体的积极协商与斗争。因此,媒介批评的空间,既非绝对封闭,亦非完全开放,而是不均衡的,随着批评主体话语权的消长而变化。

问题是,不均衡的媒介批评空间能够担当人们赋予它的重任吗? 如果不能,理想的媒介批评应当以何种形式出现?

一、商谈伦理原则

叙事是一种"平等的形式"(小约翰,1999)。用叙事的眼光看待媒介批评,排除了任何一种叙事形式的优越性。无论是大学教授,还是村夫草民,都是合法的批评者;无论是发表于权威期刊的堂皇大作,还是街头、厨房的即兴之言,都是有效的批评文本。就像菲希尔(Walter R. Fisher)所说的:在叙事中,"没有任何形式的话语因为它的形式是占支配地位的论证就因此而比其他形式优越"(转引自小约翰,1999:306)。平等的叙事,只是代表了不同的解释,而每一种解释都体现了叙事者的立场与"利场"。

上文有关媒介批评与新闻业的关系之分析,深刻地揭示了媒介的立场与观点。新闻业对于外部批评的排斥,事实上体现了媒介垄断批评话语权的企图。由于掌握了社会的话语资源,媒介的这一努力是卓有成效的。媒介不仅在空间上将对自己的批评边缘化,而且在实质上贬低批评的价值。因此,媒介批评不仅要为自己争取话语空间的位置,而且还要为有效的批评对话创造条件。

批评空间的扩展的确意味着对非专业、非学术的批评的话语权的承认,但是,这些批评主体并未获得同等的地位。为了使这些批评话语形成有意义的对话,批评必须符合商谈伦理原则。

按照哈贝马斯的社会交往理论,社会主体必须首先同意普遍化的商谈原则。在哈贝马斯看来,主体性就是互主体性。主体间的"相互性"与"承认关系",是能为大家普遍接受并应推崇的规范。其次,主体还必须遵循一套商谈讨论规则,即参与对话者的权利平等和机会均等。哈贝马斯借用 R·阿列克赛制定的讨论规则来表明其商谈伦理学的程序性前提(参见薛华,1988):

每一能够言谈和行动的主体都可以参加商谈讨论。

每人都可以使每一主张成为问题;每人都可以使每一主张引入商谈讨论;每人都可以表示他的态度、愿望和需要。

没有一个谈话者可以因为商谈讨论内部或外部的强制而无法体验自己的商谈权利。

这些程序性前提所要求的自由与平等,是理性对话的基础,而对话的有效性的衡量,则以理性为标准,为此,对话者还必须做到:

去除自己的个人利益和需求来参加谈论,即善于移情,承认他人与自己一样具有对话权,并运用"普遍化他者"(generalized other)的观点来思考。用米德(George Herbert Mead)的话说,即理想角色扮演(ideal role taking)。哈贝马斯称其为"争论的可逆性"(reversibility of arguments)。

参与讨论的人,不是从个人私利出发,而是愿意考虑整体利益,这样才是真正的交流行为(acting communicatively,参见 Wahl-Jorgensen & Galperin, 2000)。

从以上对媒介批评主体的分析,我们已经看到,批评者并非以平等的权力主体身份进入批评的空间,被批评者不断地边缘化批评话语,既否定其参与讨论的平等权力(合法性),认为外界的批评不专业、不懂行,又贬低其有效性(理性),认为这种批评反映了一己之私利。包括对新闻教育和学术界,新闻从业人员也往往嗤之以鼻,在嘲笑其"象牙塔"般不识时务外,还以科学研究的专业主义来攻击学术批评的自利性和控制企图(如卡瑞,2002)。这样,新闻业一方面违背商谈的道德;另一方面又以商谈的道德要求批评者。

具有讽刺意味的是,为批评辩护的人往往也按照被批评人的逻辑对批评提出要求。如布朗(Brown,1974)认为,批评是事后的,但批评的标准必须事先确立,并为公众、批评家和被批评者所了解。随意将自己的价值标准强加于批评对象,则只能招来反对。莱莫特(Lemert,1989)也指出,批评性分析必须依据大家都理解并认同的标准和价值,而且必须清晰地表明批评所采用的方法。如果这些标准和方法不是新闻业所同意的标准和方法,批评是否就不专业、没有理性? 如果标准和方法不是在批评商谈过程中逐渐形成的,那么批评者的立场和权力如何得到保证? 不承认批评者的立场,如何保证理性的对话?

二、共识与歧见

在为《公共新闻学的理想》一书所写的序言《作为民主艺术的新闻事业》中,坎贝尔(Cole C. Campbell)说:"市民、专家、新闻工作者和学者很少一同工作。我们往往局限于自己的领域。当我们在公共领域会面时,我们只携带了部分话语来参加对话。市民带来了要求而非期望;专家带来了知识而非弱点;新闻工作者带来了信息而非无知;学者带来了睿智的批评而非惶惑;实践者带来了功绩而非失败;思想者带来了观点而非想象。这些要求、知识、信息、批评、功绩和观点为公共对话做出了贡献,而期望、弱点、无知、惶惑、失败和想象则遭到了嘲讽。所以,对话是不完整的。"(Campbell:xv)。这种不完整就是对话者之间互相猜忌、互相排斥的结果。

在我们呼吁按照商谈伦理原则来进行媒介批评之前,还有必要进一步分析:这种批评对话可能带来何种结果?

哈贝马斯的理想交流情境最终希望达到一种共识。商谈伦理要求那些参与对话的人应该以"说服普通听众并取得对一般言论的普遍赞同的意向"为目标。那些拒绝参与正在形成的合理共识的人,无视在自由的交谈中表现出来的有效证据的人,以及不尽力陈述自己的观点并说服所有其他人最大限度地接受自己观点的人,都破坏了商谈伦理的规范。

但是,这种共识真的能够实现吗?抑或只是"一条可望而不可及的地平线"(利奥塔,1996:179)?从漫长的媒介批评历史来看,人们争论不休,但即使在基本的评价标准和原则上都难以达成共识。共识,被视为现代性的标志。著名的后现代理论家利奥塔就直接向哈贝马斯宣战,认为"共识是业已过时的东西,它的价值存在性也令人怀疑"。"共识只产生于讨论问题时的某种个别姿态,而并非讨论问题的终极目的。相反,讨论的目的也并非追求共识,而是探求悖谬逻辑。"(同上:186—187)。事实上,利奥塔所要求的,是在游戏规则上打破中心论和专家式的一致性,以更深广的气度去宽容不一致的标准,以一种多元式的有限话语创立后现代知识法则:追求创造者的谬误推理或矛盾论,倡导一种异质标准。

也许我们难以赞同利奥塔那近乎偏执地反对哈贝马斯的整体

性与"普遍共识"的态度,但是,他所提倡的多元性和宽容的后现代精神,值得我们深思。的确,我们看到了太多打着普遍主义旗号所干的利己主义勾当,以及在"宏大叙事"下掩盖的罪恶。任何共识都可能是对某种歧见的压制,就像女性主义所批评的那样,哈贝马斯的公共领域是男性资产阶级的领域,而其理想交流情境也是以男人的性别经验为基础的(参见陆扬、王毅,2000)。麦金太尔在总结西方伦理学史时发现,人们在解决争端时总是诉诸理性,"要求我们首先抛弃我们自己忠诚于相互竞争的理论中的任何一种理论,并使我们自己从那些我们一直习惯于借以理解我们的责任和我们的利益之社会关系的特殊性中抽离出来"。但是,问题并没有因此得到解决,因为这种理性本身就有问题:"它的无偏无私性要求,事实上是偷偷摸摸地以一种……自由主义的个人主义为前提假设的"(麦金太尔,1996:4—5)。

但是,后现代主义在摧毁整体、一致的同时,却没有明确的建构目标,只破不立,是彻底的多元论。如果媒介批评完全各说各话,虽然解放了不同的立场和观点,让他们可以平等地讲话,但是,这还不是对话,距批评的目标仍然十分遥远。

麦金太尔试图在普遍主义和相对主义之间寻找出第三条道路。他在分析了几种相互对立的欧洲式正义解释之间的争论之后认为,"一种传统可以合理地表明它自己的正义解释优于另一种传统的正义解释,但不是诉诸某种独立于传统之外的中立标准,而是通过展示一种向其他传统学习、并理解它自身迄今为止的解释所存在的不充分性或错误这一优越能力,来证明这一点的"(麦金太尔,1999:2)。

麦金太尔的分析极具启发性。在媒介批评的空间,多元的立场需要保护,但不是互不相容、各自为政的喧哗,而是在相互理解中学习,在相互包容中保持独立。事实上,在美国的新闻实践中,也不止一个普遍规范,除了客观传播外,至少还有两个传统——解释/调查传统和敌对传统——在从业人员中具有一定的普遍性。而且,不少人同时持有两种甚至三种这些理论上看似矛盾的观念(Weaver & Wilhoit, 1996)。近年来,在美国掀起的"公共新闻学"浪潮,也对传统的个人主义新闻观提出了挑战。在社会行为者从各自的立场出发进行媒介批评的时候,首先必须对新闻业以及其他行为者的立场与价值有所了解,在理解、尊重、学习的基础上确立自己的标准,然后争取自身立场的合法性。

如果说哈贝马斯的"交往理性"是一种乌托邦,可望而不可及,但他提出的商谈伦理规范对于我们分析媒介批评、形成有效对话不无裨益,至少让我们了解应当防止哪些不恰当行为。但对话的目的不是共识、一致,保持歧见是民主社会的底线。因此,我们对媒介批评的期望,可能是哈贝马斯、利奥塔和麦金太尔的混合物——平等对话,保持歧见,在理解中共存。

参考文献

中文部分

1. A·阿维尼里、A·德夏里特:《社群主义与个人主义》,载俞可平:《社群主义》,中国社会科学出版社 1998 年版。

2. 阿拉斯戴尔·麦金太尔:《德性之后》,龚群、戴扬毅等译,中国社会科学出版社 1995 年版。

3. 阿拉斯戴尔·麦金太尔:《谁之正义? 何种合理性?》,万俊人等译,当代中国出版社 1996 年版。

4. 阿拉斯戴尔·麦金太尔:《三种对立的道德探究观》,万俊人等译,中国社会科学出版社 1999 年版。

5. 阿瑟·阿奇·伯格:《通俗文化、媒介和日常生活中的叙事》,姚媛译,南京大学出版社 2000 年版。

6. 艾尔·巴比:《社会研究方法基础》,邱泽奇译,华夏出版社 2002 年版。

7. 查理斯·哈维(1995):《新新闻主义的复活》,楼坚编译,载《新闻大学》第 46 期,第 48—50 页。

8. 戴育贤:《重返公共领域:哈伯玛斯、女性主义、罗逊、文化研究》,载台湾《新闻学研究》。

9. E·M·罗杰斯:《传播学史:一种传记式的方法》,殷晓蓉译,上海译文出版社 2002 年版。

10. 辜晓进:《走进美国大报》,南方日报出版社 2002 年版。

11. 哈贝马斯:《公共领域的结构转型》,曹卫东等译,学林出版社 1999 年版。

12. 黄旦:《新闻专业主义的建构与消解——对西方大众传播者研究历史的解读》,载《新闻与传播研究》2002 年第 2 期,第 2—9 页。

13. 黄新生:《媒介批评——理论与方法》,台湾五南图书出版公司 1998 年版。

14. J·赫伯特·阿特休尔:《权力的媒介:新闻媒介在人类事务中的作用》,黄煜、裘志康译,新华出版社 1989 年版。

15. J·W·卡瑞:《谁来批评批评者?》选自 Dennis, E. E.; Ismach, A. H. & Gillmor, D. M. 主编:《大众传播的恒久话题》,藤淑芬译,台湾远流出版事业股份有限公司 1994 年版。

16. J. W. Carey:《新闻教育错在哪里》,李昕译,载《国际新闻界》2002 年第 3 期。

17. 杰弗里·亚历山大:《社会学二十讲:二战以来的理论发展》,贾春增、董天民译,华夏出版社 2000 年版。

18. 杰弗里·亚历山大:《世纪末社会理论》,张旅平等译,上海人民出版社 2003 年版。

19. 杰克·海顿:《怎样当好新闻记者》,新华出版社 1980 年版。

20. 李普曼:《舆论学》,林珊译,华夏出版社 1989 年版。

21. 刘建明:《媒介批评通论》,中国人民大学出版社 2001 年版。

22. 路扬、王毅:《大众文化与传媒》,上海三联书店 2000 年版。

23. 陆晔、潘忠党:《成名的想象:中国社会转型过程中新闻从业者的专业主义话语建构》,载台湾《新闻学研究》2002 年第 4 期。

24. 马歇尔·麦克卢汉:《理解媒介:论人的延伸》,何道宽译,商务印书馆 2000 年版。

25. 迈克尔·帕伦蒂:《美国的新闻自由》,韩建中、刘先琴译,河南人民出版社 1992 年版。

26. 迈克尔·埃默里、埃德温·埃默里:《美国新闻史——报业与政治、经济和社会潮流的关系》,苏金琥等译,新华出版社 1982 年版。

27. 迈克尔·埃默里、埃德温·埃默里和南希·罗伯茨:《美国新闻史:大众传播媒介解释史》,展江、殷文主译,新华出版社 2001 年版。

28. Roshco, Bernard:《制作新闻》,姜雪影译,台湾远流出版事业股份有限公司 1994 年版。

29. 让-弗朗索瓦·利奥塔:《后现代状况:关于知识的报告》,岛子译,湖南美术出版社 1996 年版。

30. S·W·小约翰:《传播理论》,陈德民等译,中国社会科学出版社 1999 年版。

31. 史密斯·罗恩:《新闻道德评价》(第四版),李青藜译,新华出版社 2001 年版。

32. Schudson, Michael:《探索新闻——美国报业社会史》,何颖怡译,远流出版事业股份有限公司 1993 年版。

33. T·巴顿·卡特、朱丽叶·L·迪、马丁·J·盖尼特和哈维·祖克曼:《大众传播法概要》,黄列译,中国社会科学出版社 1997 年版。

34. 王怡红:《社会责任理论》,选自徐耀魁(主编):《西方新闻理论评析》,新华出版社 1998 年版。

35. 王君超:《媒介批评——起源·标准·方法》,北京广播学院出版社 2001 年版。

36. W. Schramm:《大众传播的责任》,程之行译,台湾远流出版事业股份有限公司 1992 年版。

37. 韦尔伯·施拉姆等:《报刊的四种理论》,中国人民大学新闻系译,新华出版社 1980 年版。

38. 伟弗:《新新闻学和旧新闻学——水门案之后的省思》,引自 Dennis, E. E., Gillmor, D. M. & Ismach, A. H.:《大众传播的恒久话题》,藤淑芬译,台湾远流出版事业股份有限公司 1994 年版。

39. 汤林森:《文化帝国主义》,冯建三译,上海人民出版社 1999 年版。

40. 沃纳·赛佛林、小詹姆斯·坦卡德:《传播理论:起源、方法与应用》,郭镇之等译,华夏出版社 2000 年版。

41. 萧苹:"介绍国外媒体监督组织 FAIR 和 Media Watch",载台湾《新闻学研究》1999 年第 60 期。

42. 薛华:《哈贝马斯的商谈伦理学》,辽宁教育出版社 1988 年版。

43. 俞可平:《社群主义》,中国社会科学出版社 1998 年版。

44. 詹诺维茨:《新闻专业的专业模式——守门者和倡导者》,引自 Dennis, E. E., Gillmor, D. M. & Ismach, A. H. 主编:《大众传播的恒久话题》,藤淑芬译,台湾远流出版事业股份有限公司 1994 年版。

45. 詹士栋、史洛斯基与包曼:《美国新闻从业人员的专业理念》,

引自 Dennis, E. E. , Gillmor, D. M. & Ismach, A. H. 主编：《大众传播的恒久话题》,藤淑芬译,台湾远流出版事业股份有限公司 1994 年版。

英文部分

1. Allison, M. (1986), A literature review of approaches to the professionalism of journalists, *Journal of Mass Media Ethics*, Vol. 1, No. 2, Spring/Summer 1986, pp. 5—19.

2. Altheide, David L. and Snow, Robert P. (1991). *Media Worlds in the Postjournalism Era*, New York : Aldine de Gruyter.

3. Altschull, J. Herbert (1990), *From Milton to McLuhan* : *the Ideas Behind American Journalism*. New York : Longman.

4. Babbie, Earl. (1986), *Observing Ourselves*: *Essays in Social Research*, Belmont, CA: Wadsworth.

5. Banning, Stephen A. (1998/1999), The Professionalization of Journalism, *Journalism History*, Vol. 24 Issue 4, pp. 157—163.

6. Baym, Geoffrey (2000), Constructing Moral Authority: We in the Discourse of Television News, *Western Journal of Communication*, Vol. 64 Issue 1, pp. 92—111.

7. Beam, R. A. (1990), *Journalism Professionalism as an Organizational-level Concept*, Columbia, SC: Association for Education in Journalism and Mass Communication.

8. Black, Jay and Barney, Ralph D. (1985—1986), The Case Against Mass Media Codes of Ethics, *Journal of Mass Media*

Ethics, Vol. 1, No. 1, pp. 27—36.

9. Bird, S. Elizabeth (1990), Storytelling on the Far Side: Journalism and the Weekly Tabloid, *Critical Studies in Media Communication*, Vol. 7, pp. 377—389.

10. Birkhead, D. (1986), News Media Ethics and the Management of Professionals, *Journal of Mass Media Ethics*, Vol. 1, No. 2, Spring/Summer 1986, pp. 37—46.

11. Boylan, J. (2000), The Critics: A Thousand Voices Bloom, *Columbia Journalism Review*, March/April 2000.

12. Breed, Warren (1955), Social Control in the Newsroom: a Functional Analysis, Originally in *Social Forces*, Vol. 33, pp. 326—355, in Berkowitz, Dan (ed.), *Social Meanings of News: a Text-reader*, Thousand Oaks: Sage Publications, Inc., 1997.

13. Brown, Lee (1974), *Reluctant Reformation: on Criticizing the Press in America*, New York: David McKay Company, Inc.

14. Bukro, Casey. (1985—1986), The SPJ Code's Double-edged Sword: Accountability and Credibility, *Journal of Mass Media Ethics*, Vol. 1, No. 1, pp. 10—13.

15. Bunton, Kristie (2000), Media Criticism as Professional Self-Regulation, In Pritchard, David (ed.), *Holding the Media Accountable: Citizens, Ethics, and the Law*, Bloomington: Indiana University Press.

16. Callon, M. & Latour, Bruno (1981), Unscrewing the Big Leviathan: How Actors Macro-Structure Reality and How Sociologists

Help Them to Do So, in A. V. Cicourel & K. Knorr-Cetina (eds.), *Advances in Social Theory and Methodology. Towards an Integration of Micro- and Macro-Sociologies*, pp. 277—303, Boston, MA: Routledge and Kegan Paul.

17. Campbell, A. J. (1999), Self-regulation and the Media, *Federal Communications Law Journal*, Vol. 51, No. 3.

18. Campbell, Cole C. (1999), Journalism as a Democratic Art, in Glasser, Theodore L. (ed.), *The Idea of Public Journalism*, New York : Guilford Press.

19. Carbaugh, Donal (1989/1990), The Critical Voice in Ethnography of Communication Research, *Research on Language and Social Interaction*, Vol. 23, pp. 261—282.

20. Carey, J. W. (1991), Communications and the Progressives, in Avery, R. K. & Eason, D. (ed.), *Critical Perspectives on Media and Society*, New York : Guilford Press, 1991, pp. 28—48.

21. Carey, J. W. (1999), In Defense of Public Journalism, in Glasser, Theodore L. (ed.), *The Idea of Public Journalism*, New York: Guilford Press.

22. Chaffee, Steven H. & McDevitt, Michael (1999), On Evaluating Public Journalism, In Glasser, Theodore L. (ed.), *The Idea of Public Journalism*, New York: Guilford Press.

23. Chomsky, Noam & Herman, Edward (1988), *Manufacturing Consent: The Political Economy of the Mass Media*, New York: Pantheon.

24. Clayman, Steven E. (2002), Tribune of the People: Maintai-

ning the Legitimacy of Aggressive Journalism, *Media, Culture & Society*, Vol. 24, pp. 197—216.

25. Christians, Clifford. (1985—1986), Enforcing Media Codes, *Journal of Mass Media Ethics*, Vol. 1, No. 1, pp. 14—21.

26. Coleman, Renita (1997), The Intellectual Antecedents of Public Journalism, *Journal of Communication Inquiry*, Vol. 21, No. 1, pp. 60—76.

27. Coleman, Renita (2000), The Ethical Context for Public Journalism: As an Ethical Foundation for Public Journalism, Communitarian Philosophy Provides Principles for Practitioners to Apply to Real-World Problems, *Journal of Communication Inquiry* Vol. 24, No. 1, pp. 41—66.

28. Corrigan, Don H. (1999), *The Public Journalism Movement in America: Evangelists in the Newsroom*, Westport, CT: Praeger Publishers.

29. Cronin, Mary M. (1993), Trade Press Roles in Promoting Journalistic Professionalism, 1884—1917, *Journal of Mass Media Ethics*, Vol. 8, No. 4, pp. 227—238.

30. Daley, Patrick J. (1983), *Radical Currents in Twentieth Century American Press Criticism: Notes for the Future*, Unpublished PH. D. thesis, the university of Iowa.

31. Davenport, Lucinda D. and Izard, Ralph S. (1985—1986), Restrictive Policies of the Mass Media, *Journal of Mass Media Ethics*, Vol. 1, No. 1, pp. 4—9.

32. Dennis, Everette E. & Merrill, John C. (2002), *Media De-*

bates, Belmont, CA: Wadsworth.

33. Eason, David. L. (1986), On Journalistic Authority: the Janet Cooke Scandal, *Critical Studies in Media Communication*, Vol. 3, pp. 429—447.

34. Elliott-Boyle, Deni (1985—1986), A Conceptual Analysis of Ethics Codes, *Journal of Mass Media Ethics*, Vol. 1, No. 1, pp. 22—26.

35. Fan, David P. (2001), The Suicidal Messenger: How Press Reporting Affects Public Confidence In The Press, The Military, And Organized Religion, *Communication Research*, Vol. 28, No. 6, pp. 826—852.

36. Freidson, Eliot (1994), *Professionalism Reborn: Theory, Prophecy, and Policy*, Chicago, IL: The University of Chicago Press.

37. Getlin, J. (2000), The Critics: Ombudsman, *Columbia Journalism Review*, March/April 2000.

38. Gilson, Gary (1999), On Resistance To News Councils, *Harvard International Journal of Press/Politics*, Vol. 4 Issue 1, pp. 5—10.

39. Glasser, Theodore L. (1999), The Idea of Public Journalism. in Glasser, Theodore L. (ed.), *The Idea of Public Journalism*, New York: Guilford Press.

40. Gleason, Timothy W. (1998), Saving Journalism from Itself (and from us): the Hutchins Commission Was Right Then, So What About Now? *3 Comm. L. & Pol'Y*, pp. 409—418.

41. Goldstein, Tom (ed.) (1989), *Killing the Messenger: 100 Years*

of Media Criticism, New York: Columbia University Press.

42. Goodwin, H. Eugene (1993), *Groping for Ethics in Journalism*, 2nd ed., Ames, Iowa: Iowa State University Press.

43. Gordon, A. David; Kittross, John M. & Reuss, Carol; overview and commentary by Merrill, John C. (1996), *Controversies in Media Ethics*. White Plains, N. Y. : Longman.

44. Hackett, Robert A. & Zhao, Yuezhi (1998), Sustaining Democracy? *Journalism and the Politics of Objectivity*, Toronto: Garamond Press.

45. Hallin, Daniel C. (1994), *We Keep America on Top of the World*, London: Routledge.

46. Hallin, Daniel C. (2000), Commercialism and Professionalism in the American News Media, in Curran, James and Gurevitch, Michael, *Mass media and society*, 3rd ed., London: Oxford University Press.

47. Hardt, Hanno (1999), Reinventing the Press for the Age of Commercial Appeals: Writings on and about Public Journalism, In Glasser, Theodore L. (ed.), *The Idea of Public Journalism*, New York: Guilford Press.

48. Hickey, N. (2000), The Critics: Television, *Columbia Journalism Review*, March/April 2000.

49. Hodeges, Louis W. (1986), the Journalist and Professionalism, *Journal of Mass Media Ethics*, Vol. 1, No. 2, Spring/Summer 1986, pp. 32—36.

50. Jensen, Joli (1990), *Redeeming Modernity: Contradictions in*

Media Criticism, Newbury Park, Calif.: Sage Publications.

51. Jacobs, Ronald N. (2002), Media Culture(s) And Public Life, Unpublished paper.

52. Kaul, A. J (1986), The Proletarian Journalist: A Critique of Professionalism, *Journal of Mass Media Ethics*, Vol. 1, No. 2, pp. 47—55.

53. Kelleher, J. B. (2000), The Critics: Alternative Papers, *Columbia Journalism Review*, March/April 2000.

54. Lazarsfeld, Paul F. (1948), The Role of Criticism is the Management of the Mass Media, *Journalism Quarterly*, Vol. 25, p. 2.

55. Lambeth, Edmund B. (1991), *Committed Journalism: An Ethic for the Profession*, 2nd ed., Bloomington: Indiana University Press.

56. Lambeth, Edmund B. & Aucoin, James (1993), Journalism, Narrative and Community: Implications for Ethics, Practice and Media Criticism, *Professional Ethics*, Vol. 2, No. 1&2, pp. 67—88.

57. Latour, Bruno (1994), On Technical Mediation—Philosophy, Sociology, Genealogy, *Common Knowledge*, Vol. 3, No. 2, pp. 29—64.

58. Lemert, James B. (1989), *Criticizing the Media: Empirical Approaches*, Newbury Park, London, New Delhi: Sage.

59. Leonard, Thomas C. (1999), Making Readers into Citizens—the Old-Fashioned Way, in Glasser, Theodore L. (ed.), *The Idea of Public Journalism*, New York: Guilford Press.

60. Lichtenberg, Judith (2000), In Defence of Objectivity Revisited, in Curran, James and Gurevitch, Michael, *Mass Media and Society*, 3rd ed., London, New York, Arnold: Oxford University Press.

61. Lippmann, Walter (1920), *Liberty and the News*, New York: Harcourt, Brace, and Hone.

62. Logan, Robert A. (1985—1986), Jefferson's and Madison's Legacy: The Death of the National News Council, *Journal of Mass Media Ethics*, Vol. 1, No. 1, pp. 68—77.

63. Lule, Jack (1992), Journalism and Criticism: the Philadelphia Inquirer Norplant editorial, *Critical Studies in Mass Communication*, Vol. 9, pp. 91—109.

64. Macdonald, Keith M. (1995), *The Sociology of the Professions*. London, Thousand Oaks, New Delhi.

65. Maier, Scott R. (2000), Do Trade Publications Affect Ethical Sensitivity In Newsrooms? *Newspaper Research Journal*, Winter 2000, Vol. 21 Issue 1, p. 41.

66. Marzolf, Marion Tuttle (1991), *Civilizing Voices : American Press Criticism, 1880—1950*, New York : Longman.

67. Merrill, J. C. (1986), Journalistic Professionalization: Danger to Freedom and Pluralism, *Journal of Mass Media Ethics*, Vol. 1, No. 2, Spring/Summer 1986, pp. 56—60.

68. Meyers, Christopher (2000), Creating an Effective Newspaper Ombudsman Position, *Journal of Mass Media Ethics*, Vol. 15 Issue 4, p. 248.

69. McChesney, R. W. (1992), Off Limits: An Inquiry into the Lack of Debate Over the Ownership, Structure and Control of the Mass Media in U. S. Political Life, *Communication*, Vol. 13, pp. 1—19.

70. McLeod, Jack M. , Kosicki, Gerald M. and Pan, Zhongdang (1991), On Understanding and Misunderstanding Media Effects, in Curran, James and Gurevitcch, Michael (ed.), *Mass Media and Society*, Lodon, New York, Melbourne, Auckland: Edward Arnold.

71. McQuail, Denis (1992), *Media Performance: Mass Communication and the Public Interest*, London, Newbury Park, CA : Sage Publications.

72. Northington, Kristie Bunton (1993), Media Criticism as Professional Self-regulation: a Study of U. S., *Journalism Review*, unpublished dissertation, Indiana University.

73. Nothstine, William L. , Blair, Carole, and Copeland, Gary A. (1994), Professionalization and the Eclipse of Critical Invention, In Nothstine, W. L. , Blair, C. , Dopeland, G. A. Orlik, Peter B. (ed.), *Critical Questions: Invention, Creativity, and the Criticism of Discourse and Media*, New York: St. Martin's Press.

74. Orlik, Peter B. (2001), *Electronic Media Criticism: Applied Perspectives*, 2nd ed. , Boston: Focal Press.

75. Patrick J. Daley (1983), *Radical Currents in Twentieth Century American Press Criticism: Notes for the Future*, unpublished PH. D. thesis, the University of Iowa.

76. Parisi, Peter (1997), Toward a "Philosophy of Framing": News Narratives for Public Journalism, *Journalism & Mass Communication Quarterly*, Vol. 74, No. 4, pp. 673—686.

77. Pauly, John J. (1999), Journalism and the Sociology of Public Life, in Glasser, Theodore L. (ed.), *The Idea of Public Journalism*, New York: Guilford Press.

78. Peters, John Durham (1999), Public Journalism and Democratic Theory: Four Challenges, in Glasser, Theodore L. (ed.), *The Idea of Public Journalism*, New York: Guilford Press.

79. Putnam, L. L. (1983), The Interpretive Perspective: An Alternative to Functionalism, In L. L. Putnam, & M. E. Pacanowsky (eds.), *Communication and Organizations: an Interpretive Approach* (pp. 31—54), Newbury Park, CA: Saga.

80. Reese, S. (1990), The News Paradigm and Ideology of Objectivity: A Socialist at the Wall Street Journal, *Critical Studies in Mass Communication*, Vol. 7, pp. 390—409.

81. Rosen, Jay (1991), Making Journalism More Public, *Communication*, Vol. 12, No. 4, pp. 267—284.

82. Rosen, Jay (1994), Making Things More Public: On the Political Responsibility of the Media Intellectual, *Critical Studies in Mass Communication*, Vol. 11, pp. 363—388.

83. Rosen, Jay (1999), The Action of the Idea: Public Journalism in Built Form, in Glasser, Theodore L. (ed.), *The Idea of Public Journalism*, New York: Guilford Press.

84. Schudson, Michael (1995), *The Power of News*, Cambridge,

Massachusetts: Harvard University Press.

85. Schudson, Michael (1999), What Public Journalism Knows about Journalism but Doesn't Know about "Public", In Glasser, Theodore L. (ed.), *The Idea of Public Journalism*, New York: Guilford Press.

86. Schudson, Michael (2001), The Objectivity Norm in American Journalism, *Journalism*, Vol. 2, No. 2, pp. 149—170.

87. Shoemaker, Pamela J. & Reese, Stephen D. (1996), *Mediating the Message: Theories of Influences on Mass Media Content*, 2nd ed., White Plains, N. Y. : Longman Publishers USA.

88. Tavener, Jo (2000), Media, Morality, and Madness: The Case Against Sleaze TV, *Critical Studies in Media Communication*, Vol. 17, No. 1, pp. 63—85.

89. Taylor, J. R. & Van Every, E. J. (2000), *The Emergent Organization: Communication as Its Site and Surface*, Mahwah, NJ: Lawrence Erlbaum Associates.

90. The Commission on Freedom of the Press (1947), *A Free and Responsible Press: A General Report on Mass Communication: Newspapers, Radio, Motion Pictures, Magazines, and Books*, Chicago, Illinois: The University of Chicago Press.

91. Tuchman, Gaye (1972), Objectivity as Strategic Ritual : An Examination of Newsmen's Notions of Objectivity, *American Journal of Sociology*, Vol. 77, No. 4, pp. 660—679.

92. Ugland, Erik Forde & Breslin, Jack (2000), Minnesota News Council: Principles, Precedent, And Moral Authority, *Journal of*

Mass Media Ethics, 2000, Vol. 15 Issue 4, pp. 232—247.

93. Wahl-Jorgensen, Karin & Galperin, Hernan (2000), Discourse Ethics and the Regulation of Media: The Case of the U. S. Newspaper, *Journal of Communication Inquiry*, Vol. 24, No. 1, pp. 19—40.

94. Weaver, David H. G. & Wilhoit, Cleveland(1996), *The American journalist in the 1990s : U. S. News People at the End of an Era*, Mahwah, N. J. : L. Erlbaum.

95. Weick, Karl E. (1979), *The Social Psychology of Organizing*, 2nd ed. New York: McGraw-Hill, Inc.

96. White, H. (1987), *The Content of the Form: Narrative Discourse and Historical Representation*, Baltimore: The John Hopkins University Press.

97. Zelizer, Barbie (1993a), Has Communication Explained Journalism? *Journal of Communication*, 1993, Vol. 43, No. 4, pp. 80—88.

98. Zelizer, Barbie (1993b), Journalists as Interpretive Communities, *Critical Studies in Mass Communication*, Vol. 10, pp. 219—237.

99. Zelizer, Barbie (1999), Making the Neighborhood Work: The Improbabilities of Public Journalism, In Glasser, Theodore L. (ed.), *The Idea of Public Journalism*, New York: Guilford Press.

后记

　　本书是教育部人文社会科学研究"十五"规划第一批研究项目"媒介批评的理论与实践"的成果之一。同时,此书作为博士论文也于 2003 年 5 月通过了答辩。作为博士论文,这一课题还是2001 年"复旦大学研究生创新基金·优秀博士学位论文培育资助项目",获得了该基金的支持。此次出版,又获得了"上海市马克思主义学术著作出版资助"。我深知,所有这些资助,不仅仅是对我个人的信任和支持,更体现了社会对于"媒介批评"这一课题的重视。这令我深感荣幸,更觉得责任重大。

　　事实上,书稿完成以后,我心中丝毫没有如释重负的感觉,相反,肩上的担子反而更加沉重了。随着对于媒介批评研究的深入,问题似乎也越来越多。当初开列的写作大纲,一减再减,一方面是为了集中主题;另一方面也因为相关内容实在太多,以本人的学识与精力难以在短时间内完成。即使现在完成的部分,受时间、资料的限制,也有诸多遗憾,只能寄希望于今后来弥补了。现在,稍许令人安慰的是,为写作本书而进行的积累,在今后的进一步研究中应当会有积极的作用。

　　回顾研究过程,我对于媒介批评的兴趣应当始于 1998 年,当时我在复旦大学讲授《新闻分析原理与应用》课程,在国内刚刚提出媒介批评概念之际,即尝试探索媒介批评的研究与教学,把过去对新闻媒介的微观分析转向宏观研究。不过,直到将其确定为博士论文题目时,我手中的资料仍然十分有限。幸运的是,2001年9月至2002年8月,我被复旦大学派往美国纽约州立大学奥尔巴尼分校传播系访学,利用协议要求完成的学习和研究计划的空隙,我搜集了有关美国新闻媒介批评的论著,并有机会近距离地观察美国的新闻媒介及其生存环境,这为本人的研究提供了坚实的基础。

不过,光凭个人的努力是难以完成这样庞大的工程的。在写作过程中,我得到了许多老师和朋友的帮助。首先要感谢我的导师李良荣教授,自从1993年在其指导下攻读硕士研究生开始,我就一直受到悉心指点,在本书的写作过程中,又不断向李老师求教、讨论,初稿完成后,李老师还逐字逐句地审阅,包括标点符号。这令我不胜感动。

还要感谢美国威斯康星—麦迪逊大学传播系的潘忠党教授和北卡罗来纳大学新闻与传播研究中心的赵心树教授,他们在我陷入美国新闻媒介批评喧哗的话语丛林时,为我指明了方向。也要感谢纽约州立大学奥尔巴尼分校传播学系的A. Pomerantz教授和社会学系的R. N. Jacobs教授,他们为我提供了大量的线索,Jacobs教授还把自己尚未发表的论文给我参考。Pomerantz教授的治学方法和研究规范更使我受益匪浅。复旦大学新闻学院的童兵教授、陆晔教授和孙玮副教授也颇多指导,在此一并致谢。

最后还要感谢我的家人,尤其是我的丈夫。他不仅承担了几乎所有的家务,而且也是本书的第一个读者,提出了大量的建议和修改意见。没有他的支持,我无法完成这本著作。也要感谢我的父母亲,为了减轻我们的负担,父亲远离母亲,来到上海,为我们操持家务。还要感谢我 6 岁的女儿,在我应该陪她游戏、讲故事的时候,她往往只能在我的电脑台旁独自游戏。但愿此书的出版能够帮我偿还部分"债务"。

2004 年 4 月

图书在版编目(CIP)数据

建构权威·协商规范:美国新闻媒介批评解读/谢静
著.—上海:复旦大学出版社,2005.8
ISBN 7-309-04628-5

Ⅰ.建…　Ⅱ.谢…　Ⅲ.传播媒介－批评－研究－
美国　Ⅳ.G206.2

中国版本图书馆 CIP 数据核字(2005)第 082592 号

建构权威·协商规范——美国新闻媒介批评解读

谢　静　著

出版发行　复旦大學出版社

上海市国权路 579 号　邮编:200433
86-21-65118853(发行部);　86-21-65109143(邮购)
fupnet@ fudanpress. com　　http://www. fudanpress. com

责任编辑　章永宏
总 编 辑　高若海
出 品 人　贺圣遂

印　　刷　江苏句容市排印厂
开　　本　850×1168　1/32
印　　张　6.375　　插页　1
字　　数　143 千
版　　次　2005 年 8 月第一版第一次印刷

书　　号　ISBN 7 - 309 - 04628 - 5/G·599
定　　价　15.00 元